PROTECTORS
of the
SHADOWS

© 2020, Stéphanie Caron
Édition : BoD – Books on Demand,
12/14 rond-point des Champs-Élysées, 75008 Paris
Impression : BoD – Books on Demand, Norderstedt,
Allemagne

ISBN : 978-2-3222-5565-8

Dépôt légal : octobre 2020

Fanny Cameron

PROTECTORS
of the
SHADOWS

BoD
Books on Demand

Chapitre Premier

Kira

Je n'en revenais pas. J'avais réussi à m'échapper de cet enfer. Cela faisait quatre jours que je cavalais aussi loin que possible. Je savais qu'ils devaient me chercher. Ils allaient me pourchasser jusqu'à ce qu'ils puissent me ramener de force dans leur club. Un mois auparavant, ils m'avaient enlevé en me tendant un piège et me retenaient prisonnière depuis. Après cette longue captivité, j'étais épuisée. Toutes mes blessures me faisaient atrocement souffrir, j'avais faim et froid, mais je ne devais pas abandonner. Surtout pas maintenant que j'avais enfin pu m'échapper.

Je frissonnai d'horreur en repensant à la dernière séance de torture à laquelle j'avais eu le droit, de la part de Lauren, ma mère si on pouvait l'appeler ainsi, et de mon effroyable beau-père, Spencer Davis. Lui, c'était le président d'un club de motards, appelé les Vicious Snakes (VS). Et elle, c'était sa femme, sa régulière comme ils disaient. D'un sens, ils s'étaient bien trouvés tous les deux puisqu'ils étaient aussi tordus l'un que l'autre. Cela faisait plusieurs années que j'avais échappé à leur contrôle en m'enfuyant, mais ils avaient réussi à me retrouver, et ils me l'avaient bien fait payer pendant ma captivité. Mais après cette dernière séance, l'occasion de m'évader c'était présentée à moi.

Plusieurs heures après le départ de Lauren et Spencer, un des membres des VS était venu pour me détacher et me rallonger sur le petit matelas miteux qui me servait de lit. Me pensant encore inconsciente, il ne s'était pas méfié une seule seconde quand j'étais passée à l'action, au moment où il m'avait libéré de mes liens. Grâce à l'effet de surprise, j'avais rapidement attrapé son couteau pour le retourner contre lui, en lui plantant dans la gorge. Une fois sûre qu'il ne pourrait plus jamais se relever, je n'avais eu aucun scrupule à lui prendre son sweet à capuche qu'il avait posé sur une chaise en entrant, ainsi que le liquide qui se trouvait dans son portefeuille. J'avais eu beaucoup de chance et je n'avais pas eu le temps de m'appesantir sur mon geste, car il me fallait fuir au plus vite de cet endroit. Vu ma petite taille, un peu moins d'un mètre soixante, le vêtement ressemblait plus à une robe qu'à autre chose, et vue ma maigreur, je nageais littéralement dedans. J'avais réussi à me faire un chignon informe avec mes longs cheveux noirs sales et emmêlés, pour les cacher sous la capuche.

« *Au moins, j'avais de quoi me cacher* », m'étais dis-je ironiquement.

Le plus dur avait été de sortir discrètement, sans que personne ne me repaire. Mais ce que je n'avais pas prévu, c'était d'entendre une conversation entre Lauren et Spencer, lorsque j'étais passée dans le couloir, devant une porte entrouverte. Je ne m'étais pas attardée longtemps, mais le peu que j'avais entendu m'avait retourné l'estomac. Cependant, c'était la dernière phrase de Lauren qui m'avait véritablement choquée et donné des sueurs froides.

« *Je vais tous les buter comme j'ai tué mon père* », avait-elle craché haineusement.

Je n'arrivais pas à y croire. Elle avait tué son propre père, mon grand-père. Encore une chose qu'elle m'avait prise. Depuis l'enfance, je ne rêvais que d'une seule chose : avoir une véritable famille. Mais elle m'avait toujours tout caché. Je ne savais même pas qui était mon père, ni si j'avais des oncles ou des tantes, ou si j'avais encore des grands-parents quelque part. Elle s'était fait une joie de ruiner tous mes espoirs, au fil des années. Bon, au moins maintenant je savais que je n'avais plus mon grand-père du côté de Lauren, puisqu'elle l'avait tué. Malheureusement, je ne savais pas si j'aurais un jour la chance d'avoir des réponses à mes questions, surtout que je ne connaissais même pas mon véritable nom de famille. Lauren vivait sous une fausse identité depuis bien avant ma naissance et je ne connaissais que le nom de Davis depuis toujours.

D'autres paroles venant de Spencer me revinrent en mémoire. Il parlait de moi comme d'un pion, un atout pour leur plan. Je ne comprenais pas ce qu'il voulait dire par là. Lauren m'avait toujours dit que j'étais importante, mais je n'avais jamais compris pourquoi, surtout avec tous les mauvais traitements qu'elle m'avait fait subir. J'avais toujours su qu'elle me détestait, je pouvais même affirmer qu'elle me haïssait. Elle me répétait sans arrêt les mêmes phrases :

« *Personne ne voudra jamais de toi* », « *tu n'es pas digne d'être aimée* », « *tu es une merde comme ton père, tu es son portrait craché* ».

Même si je pensais qu'elle avait sans doute raison pour les deux premières, j'étais plus qu'heureuse de savoir que je ressemblais à mon père plutôt qu'à elle. C'était un soulagement pour moi de savoir que nous n'avions rien en commun toutes les deux. Elle était blonde alors que j'avais les cheveux quasiment noirs, ses yeux étaient marrons tandis que les miens étaient verts, elle était squelettique alors que pour ma part j'avais des formes là où il le fallait, enfin d'habitude.

Une fois en sûreté loin des griffes de mes bourreaux, j'avais pris ma décision. J'avais décidé de ne plus fuir et d'affronter mon destin. J'étais terrifiée, je savais que j'allais devoir surmonter beaucoup de choses dont mes propres peurs, et faire face à des traumatismes enfouis au plus profond de moi. Mais j'avais cette certitude qu'il fallait absolument que j'agisse, sinon il y aurait incontestablement beaucoup de mort. Je ne savais pas ce qu'il adviendrait de moi, mais je devais les avertir du danger. Alors je m'étais mise en route pour l'Utah.

Le trajet n'avait pas été simple mais je m'estimais encore chanceuse d'y être parvenue et de ne plus être très loin de ma destination. À un bar routier, je m'étais introduite dans une remorque de camion qui faisait route vers le Nevada. Cela avait malmené mon corps déjà bien meurtrit, toutefois je remerciais le ciel d'avoir pu mettre autant de kilomètres de distance entre les VS et moi, surtout en si peu de temps. Après cela, j'avais fait une halte dans un Starbucks pour trouver les informations qui me manquaient sur la route à suivre. J'en avais profité pour me débarbouiller du mieux que je le pouvais, et je m'étais restaurée avant de reprendre la route en bus. Après plusieurs changements, j'arrivais enfin à destination.

Je chancelai dangereusement en descendant du bus, après tout ce temps passé dans la même position. Selon mes estimations, il me restait une dizaine de kilomètres à faire à pied, tandis que l'après-midi était déjà bien entamée. Je me mis donc rapidement en route.

« *Allez Kira, ce n'est vraiment pas le moment de flancher* », me sermonnai-je.

Je marchais maintenant depuis ce qui me semblait être des heures. J'étais en nage. De la sueur coulait le long de mon visage et de mon dos. Mes côtes m'envoyaient des décharges de douleurs à chaque inspiration. Ma tête était lourde et douloureuse, alors que j'avais l'impression que tout tournait autour de moi.

« *Mon Dieu, je ne vais pas y arriver* », me lamentai-je désespérée. « *Un pas après l'autre, un pas après l'autre* ».

Je me trouvais sur une petite route bordée d'arbres. Je ne percevais plus aucunes maisons aux alentours et je constatai que malheureusement, le jour commençait à décliner, annonçant bientôt la tombée de la nuit.

« *Ne panique pas Kira, ne paniques pas, ne paniques pas* », me suppliai-je encore à moi-même.

Néanmoins, malgré toutes mes supplications et encouragements, mon corps ne me suivit plus et je m'écroulai comme une merde sur le bitume, en me blessant encore un peu plus. À bout de force, je roulai sur moi-même pour me retrouver sur le bas-côté dans l'herbe. Je restai là, inerte, à moitié consciente.

J'avais dû perdre connaissance un moment car lorsque je repris conscience de ce qui m'entourait, j'entendis un véhicule qui ralentit. Il se gara ensuite à quelques mètres de moi en m'éblouissant avec ses phares.

« *Génial, je n'avais pas assez mal à la tête* ».

Je fermai donc fort mes yeux. Puis j'entendis une portière claquée et quelqu'un se rapprocher rapidement de moi.

— Qu'est-ce que ... ? Merde, s'exclama la personne, d'un ton alarmé en s'agenouillant à côté de moi.

Sa voix était chaude et grave. Je le sentis enlever doucement ma capuche et prendre délicatement mon visage entre ses grandes mains. Elles étaient chaudes sur ma peau glacée et meurtrit. Je ne supportais pas les contacts physiques mais pour une fois, je devais dire que ce contact m'apaisa au lieu de me faire paniquer. Je me forçai à ouvrir les paupières pour plonger dans des yeux d'un gris ombrageux.

— Eh Ty, qu'est-ce que tu fous ? demanda un deuxième homme, en s'approchant lui aussi.
— Démon viens m'aider, elle est blessée.
— Putain, que lui est-il arrivée ? Et elle fait quoi ici toute seule ?
— Et comment veux-tu que je le sache crétin. Tu ne peux pas regarder si tu peux l'aider, au lieu de poser des questions inutiles ? s'énerva mon sauveur.

Dans mon champ de vision, je vis le fameux Démon se pencher vers moi pour inspecter mon visage.

— Ty, le mieux c'est qu'on l'emmène tout de suite au dispensaire. Je ne peux rien faire ici. En plus, Speed pourra m'aider si ses blessures sont graves.

À ce moment-là, je ne comprenais plus ce qu'il m'arrivait. J'avais du mal à me souvenir de l'endroit où je me trouvais et ce que je venais y faire. J'essayai de me souvenir, je savais que quelque chose d'important m'échappait. Cependant, ce fut en voyant les blousons des deux inconnus, qu'un éclair de lucidité me revint. J'essayai de faire bouger mes lèvres pour parler, seulement aucun son n'en sortit.

« *Évidemment qu'aucun son ne sort, ce n'est pas comme si j'arrivais à parler en temps normal, alors dans ces conditions...* », me dis-je en voulant lever les yeux au ciel face à ma stupidité.

Heureusement que j'avais prévu le coup. Je bougeai ma main tremblante pour attraper le papier que j'avais préparé dans la poche de mon sweet, et le tendis à mon inconnu. Le dénommé Ty me jeta un regard perplexe avant de s'en emparer. Il le déplia et le lut. Sa réaction ne tarda pas. Il releva brusquement sa tête pour me dévisager avant de se tourner vers Démon.

— Démon, il faut retourner au club tout de suite, lui ordonna-t-il avec urgence.
— Qu'est-ce qu'il se passe Ty ?
— C'est la merde. Faut qu'on l'emmène direct au dispensaire et que j'appelle le Prèz.

Pour ma part, je n'en pouvais plus. Mes yeux se fermèrent doucement et j'abandonnai le combat en sombrant peu à peu dans l'inconscience. La dernière chose dont j'eus la certitude, c'était que quelqu'un me soulevait délicatement pour me serrer doucement contre lui. Son odeur, un mélange de senteur boisée et de cuir me parvint et m'apaisa immédiatement. Je sentis qu'on était en mouvement et ensuite ce fut le trou noir.

Chapitre 2

Andrew

Assis à mon bureau, au-dessus du bar de notre club-house, je faisais face à la grande fenêtre pour contempler notre territoire. De là où je me tenais, je pouvais apercevoir les chemins qui menaient à nos chalets qui se fondaient parfaitement dans le paysage. Mon grand-père avait donné ce terrain à mon père, quand celui-ci avait décidé de créer son club de motards avec ses amis.

Depuis cinquante ans que le MC des Protectors of the Shadows (PoS) avait vu le jour, les choses avaient beaucoup évolué. Au début, ce n'était qu'un passe-temps et un lieu de rassemblement. Mais John Johnson, mon père que tous surnommaient Pappy, et ses amis avaient vite décidé d'en faire une affaire fructueuse et de se créer une véritable famille, en accueillant dans leur club ceux qui en avaient le besoin. Et on pouvait affirmer que leurs objectifs avaient bien été atteint. D'ailleurs plusieurs chapitres des PoS avaient vu le jour dans d'autres États au fil des années.

Il y avait de cela une dizaine d'années maintenant, après la mort de son meilleur ami et Vice-Président (VP), Charlie Miller, Pappy avait décidé qu'il était temps pour lui de prendre sa retraite. J'avais donc eu la chance de pouvoir lui succéder à son poste de Président. Et pour notre plus grande joie, mon frère jumeau Léonard, « Lenny » pour nous, avait lui aussi rejoint nos rangs, après une longue absence. Après le vote de tous nos frères, il avait vite été promu au rang de Sergent d'Arme du club. Au fil du temps, nos affaires, légales ou non, s'étaient bien développées et s'étaient multipliées, permettant au club d'avoir des fonds plus qu'importants. Ça avait ainsi permis d'agrandir et de moderniser notre petit dispensaire, qui se trouvait à côté de notre QG. Il était géré par Speed notre médecin, de Démon et sa régulière Andréa, qui étaient tous deux infirmiers. Ils y accueillaient les personnes en difficultés, mais également les femmes et les enfants en souffrances. C'était une des premières causes que nous défendions chez les PoS. Puis, à moins d'une demi-heure de notre foyer, nous avions notre garage pour voitures et motos, attenant à notre boutique de vêtements et d'équipements pour motards. Ils étaient gérés par ma régulière Maddie et sa cousine Callie, la régulière de mon frère.

Notre mode de vie n'était pas commun, seulement je ne l'échangerais pour rien au monde. Il était ce que nous étions. Une grande famille, avec des liens de sang ou pas, ça n'avait aucune importance. Nous prenions simplement soin les uns des autres, et vivions pour le club. Bien sûr, nous avions aussi des mauvais moments à passer et nous avions connu notre lot de drames. Sans compter qu'il y avait toujours des merdes à gérer au club, mais ça n'égalait jamais les bons moments. Et puis c'était nous qui avions choisi cette vie après tout, donc à nous de l'assumer. Après réflexion, je dirais que mon seul regret serait de ne pas avoir pu avoir d'enfants. Maddie ne pouvant pas en avoir, nous avions fait une croix dessus. Et pour ma part, j'aimais tellement cette femme que peu importe. Mais je devais avouer que j'avais été un peu jaloux le jour où mon frère, Lenny, m'avait annoncé qu'il allait être papa. Et un peu plus le jour de la naissance, quand j'avais tenu son fils Kyle pour la première fois dans mes bras. Même si j'étais vraiment très heureux pour lui et Callie, ça m'avait fait un petit pincement au cœur, surtout pour Maddie. Malgré tout, notre manque c'était atténué au fil des années surtout avec les gars du club à gérer, vu qu'ils étaient pire que des gosses. Je me marrais, rien qu'en y repensant. Puis, nous avions eu la chance de pouvoir faire la connaissance de Tyler. C'était un adolescent qui avait été malmené par la vie et qui errait dans les rues. Nous l'avions accueilli chez nous et il n'était plus jamais reparti. Nous le considérions comme notre propre fils. J'étais très fier de lui, d'autant plus que depuis cinq ans, il était mon Vice-Président au sein des PoS.

Je sortis de mes pensées lorsque Lenny entra dans mon bureau.

— Bah alors, c'est comme ça que tu bosses Drew ? Tu étais parti où là ? me demanda-t-il immédiatement.

— Rien. J'étais juste en train de repenser à certains trucs du passé.

— Oh là ! Ce sont les vieux qui font ça, me dit-il mort de rire.

— Ta gueule ! Si tu te souviens bien, on a le même âge, lui grognai-je irrité.

— Ah non, non, non. Rappelle-toi, je suis plus jeune de deux minutes, me rétorqua-t-il fier de lui.

— Ouais. C'est pour me faire chier que tu es là, ou il y avait une autre raison ?

— Je voulais savoir si tu venais boire un verre au bar avant de rentrée ? Tyler et Démon ne devraient pas tarder à arriver.

— Tyler et Démon ? le questionnai-je surpris.

— Oui, j'ai préféré les envoyer tous les deux avec la camionnette pour ravitailler le dispensaire. Avec les gars habillés en noirs qui ont été aperçus dans les parages, je préfère qu'on reste sur nos gardes, m'informa-t-il aussitôt.

— Tu as raison. Faudra qu'on en parle à la prochaine messe, acquiesçai-je.

— Tu as eu de nouvelles infos ? voulut-il savoir.

— Oui. Daryl m'a appelé pour me dire que plusieurs de ses gars ont eux aussi repéré des hommes ayant le même signalement.

— La description est la même ?

— Ouais, Lenny. À chaque fois : moto noire, casque et blouson noirs, aucuns signes distinctifs. Et bien sûr fausses plaques. Jasper a vérifié sur ses ordis.

— Merde. Va falloir surveiller ça de près, bougonna-t-il.

— Fallait bien que ça arrive, c'était trop calme ces derniers temps, lui dis-je en soufflant, agacé.

— Bordel ! Ne dis pas ça, tu vas nous porter la poisse ! s'exclama-t-il, agacé lui aussi à présent.

— Je ne sais pas, soufflai-je. J'ai juste un mauvais pressentiment, comme si quelque chose d'important était sur le point de se passer.

Lenny me regarda d'un drôle d'air en fronçant les sourcils, avant de me répondre sérieusement :

— Eh bien, en général ton intuition ne te ment jamais donc je suis plus que tenté de te croire.

Il avait raison, quand j'avais cette impression, la merde nous tombait souvent dessus peu après.

Malheureusement, mes soupçons se confirmèrent au bar, une heure plus tard, quand mon téléphone sonna. En voyant que c'était Tyler, je répondis immédiatement :

— Ty, qu'est-ce qu'il se passe ?

— Prèz, on a problème, m'annonça-t-il gravement.

— Sans déconner, je ne m'en serais jamais douté, lui lançai-je ironique. Tu peux être plus explicite ?

— Démon et moi on est au dispensaire, m'informa-t-il.

— Vous êtes blessés ? m'alarmai-je instantanément en me redressant.

— Non, pas nous. Je ne peux pas t'en dire plus par téléphone. Tu ferais mieux de venir rapidement Prèz.

Je restai muet un moment pour bien comprendre ce que me racontait Ty. S'il ne voulait pas m'en dire plus par téléphone, c'était forcément parce qu'il pensait qu'on pouvait être sur écoute, et qu'il avait certainement des informations importantes à me donner.

— Ok. J'arrive avec Lenny. On est au bar, on n'en a pas pour longtemps.

Je raccrochai et me tournai vers mon frère, qui comprit aussitôt que quelque chose clochait en avisant mon air grave. Sans avoir besoin de nous parler, il me suivit immédiatement sans aucunes questions.

Quand nous arrivâmes au dispensaire, Ty nous attendait, adossé contre un mur, les bras croisés sur son torse et le visage fermé. Il releva la tête en nous entendant approcher.

— Alors Ty, expliques-nous ce qu'il se passe, lui demandai-je aussitôt.

Il prit une grande inspiration avant de commencer son récit.

— Avec Démon on était sur le chemin du retour, plus très loin du club, quand j'ai vu quelque chose sur le bas-côté. On s'est garé et je suis

> descendu pour aller voir. En m'approchant j'ai vu que c'était une personne, une jeune femme, et surtout qu'elle était dans un sale état. Démon m'a dit qu'il ne pouvait rien faire sur place donc on a décidé de l'emmener rapidement au dispensaire pour la soigner. Elle a essayé de me parler mais n'a pas réussi. Alors elle m'a donné ça.

Je pris le papier qu'il me tendit, et le dépliai. Lenny et moi restâmes un moment, choqués par ce qui y était inscrit :

Protectors of the Shadows → Danger
2 clubs → 2 espions
Trouver John Johnson et sa famille pour les prévenir
Ennemi → Vicious Snakes

— Ça veut dire quoi ça ? demanda Lenny en s'agitant.
— On n'en sait pas plus. La femme s'est évanouie juste après m'avoir donné le papier, nous expliqua Tyler.
— Comment va-t-elle ? lui demandai-je inquiet même si je ne la connaissais pas.
— Je n'en sais rien Prèz. Speed et Démon s'occupe d'elle depuis qu'on est arrivé.
— Ok. On va attendre de voir ce que nous dit Speed et on avisera ensuite, décrétai-je.

Nous attendîmes donc tous les trois en silence des nouvelles de la jeune femme, chacun dans ses pensées, en se demandant dans quel merdier on allait encore se retrouver.

Quelques minutes plus tard, nous sursautâmes de concert quand Speed sortit de la salle de soin. Il se dirigea directement vers nous le visage fermé, les yeux remplis d'une rage contenue. Rien qu'à sa tête, je sus immédiatement que je n'allais pas aimer la suite.

— Speed, vas-y, dis-nous ce qu'il en est ?
— C'est moche Prèz. Elle va s'en sortir mais elle va avoir besoin de temps pour guérir et se remettre.
— Qu'est-ce qu'elle a ? demanda Lenny.
— En plus des ecchymoses qu'elle a sur tout le corps, elle a une commotion cérébrale, trois côtes fêlées et deux de cassées. Les coupures ne sont pas trop graves et ne devraient pas lui laisser de cicatrices. En revanche, elle est déshydratée et très amaigrie, comme si elle n'avait pas mangé un vrai repas depuis longtemps.
— Bon sang ! lâchai-je, ivre de rage. Autre chose ? lui demandai-je après avoir respiré un bon coup.
— Je ne sais pas encore Prèz. J'en saurai plus quand j'aurai tous les résultats des examens et qu'elle sera consciente.
— Ok. Tu me tiens au courant dès que tu as du nouveau Speed.
— Ça sera fait Prèz. On va se relayer avec Démon pour veiller sur elle.
— Drew ? On fait quoi en attendant ? me questionna Lenny, le visage grave.

Je fermai un instant les yeux, et passai une main dans mes cheveux pour me calmer et réfléchir à la meilleure manière d'agir. Puis, je donnai mes ordres :

— Bon, on va y aller par étape. Tant qu'on n'a pas plus de détails, il est préférable de garder ça pour nous. On ne sait pas encore ce qu'elle a à nous dire, et si vraiment il y a des espions dans nos rangs, il ne faut surtout pas les alerter. Ty, tu te charges de mettre au parfum Jasper, et seulement lui, insistai-je sur ce point. Je veux qu'il vérifie tout notre système de sécurité, tu lui dis qu'on est en alerte, mais que personne ne doit-être au courant pour l'instant. Et qu'il me trouve tout ce qu'il peut sur ces Vicious Snakes.

Ty acquiesça alors qu'il avait les mâchoires et les poings serrés, et que je voyais bien qu'il avait envie de tout fracasser. Je me tournai ensuite vers mon frère qui lui, maintenait sa colère un peu mieux.

— Lenny, toi et moi on va voir Pappy tout de suite, voir ce qu'il en dit.
— Ok, je te suis mon frère, approuva-t-il aussitôt.
— Speed, personne ne l'approche à part toi, Démon et Andréa, ok ? lui ordonnai-je avant de partir, en n'attendant aucune réponse de sa part.
— Pas de soucis, Prèz. Je vais faire le nécessaire, confirma-t-il tout de même avec un signe de tête.

Sur ces dernières paroles, je regardai une dernière fois les gars en face de moi. Tous hochèrent rapidement la tête pour confirmer qu'ils avaient bien compris mes instructions. Alors, nous nous mirent tous en action.

Chapitre 3

Kira

Je repris peu à peu conscience. Il devait faire jour car je sentis la chaleur du soleil sur moi. Je n'avais plus aussi mal, c'était comme si j'étais juste très courbaturée, tandis que je pris conscience que j'étais allongée sur une surface confortable. J'essayai d'ouvrir doucement mes yeux, mais les plissai le temps de m'habituer à la lumière du jour. Ma respiration se bloqua instinctivement dans ma poitrine quand je sentis quelqu'un trop près de moi et une main dans mes cheveux.

« *Oh non ne me touches pas, ne me touches pas* », la suppliai-je silencieusement.

Je ne pus empêcher la réaction qui suivit. Avec un brusque geste de recul, je me plaçai le plus loin possible d'elle et la regardai avec horreur. La femme qui se tenait en face de moi se figea instantanément et resta bouche bée, n'osant même plus bouger. Après être revenue de sa surprise, elle essaya de me parler pour me calmer :

— Bonjour, je m'appelle Andréa. Je suis infirmière. Ne t'inquiète pas, tu ne crains plus rien ici. Cela fait trois jours que tu es inconsciente, nous étions tous très inquiets pour toi. Mais tu vas mieux maintenant.

« Qu'est-ce qu'elle me raconte ? Personne ne s'est jamais inquiété pour moi ? Et je me trouve où exactement ? »

Elle essaya à nouveau de se rapprocher, mais c'était juste impossible pour moi. Je sautai du lit en arrachant au passage ma perfusion que je n'avais pas remarquée, et m'éloignai à reculons. Je chancelai un peu sur mes jambes tremblantes, mais continuai malgré tout, jusqu'à me retrouver dos au mur. Ne sachant pas quoi faire, Andréa recula doucement jusqu'à la porte de la pièce en me montrant bien ses mains en évidence devant elle.

— Je ne voulais pas te faire peur. Je suis désolée. Je vais sortir pour te laisser respirer et te calmer, me dit-elle d'une voix tremblante.

Sur ces paroles, elle sortit rapidement de la pièce en refermant la porte derrière elle. Ce fut à ce moment-là que je me rendis compte que je manquais d'air. Je pris plusieurs grandes inspirations et retournai doucement vers le lit où je me trouvais, pour m'affaler dessus à bout de force.

Après ça, j'avais dû me rendormir puisque quand j'ouvris de nouveau les yeux, la pièce était devenue plus sombre, et que seule une petite lampe de chevet éclairait la pièce. Je tournai la tête pour regarder par la fenêtre lorsque je me rendis compte que quelqu'un était assis dans un fauteuil près de mon lit. Je me crispai automatiquement mais en l'observant, je reconnus tout de suite mon inconnu, « Ty » si je me souvenais bien, ce qui me permit de ne pas paniquer. En constatant qu'il avait les yeux fermés et une respiration lente, je compris qu'il dormait. Je restai un moment à l'observer, silencieuse. Je devais bien admettre que c'était un très bel homme. Il avait des cheveux brun foncé, dont quelques mèches s'échappaient sur son front. Je pouvais apercevoir une légère barbe comme s'il ne s'était pas rasé depuis plusieurs jours. Sa carrure imposante était toute en muscle, et même assis je pouvais constater qu'il était très grand.

« C'est vrai que comparé à moi, tout le monde me paraît immense ».

Au bout d'un moment, j'essayai de me repositionner dans mon lit quand mes douleurs se réveillèrent. Seulement, j'avais dû faire un peu trop de bruit puisqu'il ouvrit subitement les yeux pour les fixer directement dans les miens. Je le vis taper quelque chose sur l'écran de son portable, puis n'attendit pas longtemps pour me parler d'une voix douce et grave :

— Bonjour. Je m'appelle Tyler. C'est moi qui t'ai trouvé sur la route. Tu te souviens ?

J'essayai de parler, je bougeai mes lèvres mais comme d'habitude ça ne donna aucun résultat. Je soufflai d'agacement et hochai doucement la tête en le regardant, pour répondre à sa question.

— Tu ne peux pas parler ?

Je lui fis une grimace et répondis négativement de la tête.

— Ce n'est pas grave. Ne t'inquiète pas. Je suis là pour te tenir compagnie. Tu as fait très peur à Andréa tout à l'heure, me dit-il en me souriant.

Je m'empourprai un peu et lui lançai un regard d'excuse, mais sursautai violemment et me crispai quand la porte s'ouvrit et que deux hommes entrèrent dans la pièce.

— Eh n'est pas peur, ma belle. Personne ne te fera de mal ici, me dit-il en se penchant légèrement vers moi.

Puis, il s'adressa aux nouveaux arrivants, les dents serrées en guise d'avertissement :

— Doucement les gars.

Je regardai les deux hommes qui se mirent à dévisager bizarrement Tyler, avant de me regarder à mon tour, avant que l'un d'eux prenne la parole en s'adressant à moi :

— Bonjour. Je m'appelle Andrew. Je suis le Président des Protectors of the Shadows et tu as déjà rencontré Tyler, mon Vice-Président. Tu es dans notre dispensaire qui se trouve sur notre territoire. Nous avons bien eu ton petit message. Je suis le fils de John Johnson.

Je restai un instant bouche bée, sous le choc, devant cet homme.

« *J'ai réussi, je les ai trouvés, je les ai vraiment trouvés* », me dis-je avec soulagement.

Il me dévisagea lui aussi avec beaucoup d'attention. Et là, je ne compris pas ce qui se passa en moi, je ne savais pas pourquoi je faisais ça, mais je me levai prudemment les larmes aux yeux, et m'approchai de lui d'un pas chancelant. Une fois devant lui, je le regardai une dernière fois dans les yeux avant de me presser doucement contre lui en enroulant mes petits bras autour de sa taille massive. Je posai ma joue sur son torse et me mis à pleurer, le corps secoué de sanglots silencieux. Après quelques secondes d'hésitation, je le sentis me serrer dans ses bras et me bercer gentiment. Plus aucuns bruits, c'était le silence absolu dans la chambre. Les hommes étaient apparemment estomaqués de la scène se déroulant devant leurs yeux. Après quelques minutes, je me défis de l'étreinte de l'ours devant moi et allai me rasseoir sur le lit, avant que mes jambes ne me portent plus.

— Prèz ? l'interpella Tyler avec hésitation.
— Euh oui, dit-il en se raclant bruyamment la gorge pour reprendre contenance. Alors petite, avant toute chose peux-tu nous dire qui tu es ? Et nous expliquer ce qui se passe ?

Je me tournai vers Tyler pour lui jeter un regard implorant. Je ne savais pas comment faire pour me faire comprendre. Il le comprit tout de suite et expliqua la situation aux deux hommes.

— Prèz, elle ne parle pas.
— Comment ça ? lui demanda l'homme dont je n'avais pas encore fait attention.

En l'observant, je vis immédiatement à quel point il ressemblait à Andrew. Se devait certainement être son frère, on aurait même dit des jumeaux. Ils avaient les mêmes yeux d'un vert foncé, les mêmes cheveux grisonnants, la même carrure imposante, seuls les traits de leurs visages et leurs tatouages les différenciaient.

« Génial, je me retrouve en face de deux ours maintenant. Quoi que Tyler ne fût pas mal non plus dans le genre baraqué et super musclé. Quoi ? Mais qu'est-ce je raconte ? ».

Je sortis de ma rêverie lorsque Tyler reprit la parole.

— Je lui ai demandé si elle pouvait parler et elle m'a répondu négativement de la tête, dit-il en haussant les épaules devant l'évidence.
— D'accord. Peux-tu communiquer avec nous par écrit dans ce cas ? me demanda Andrew.

Je hochai doucement la tête pour lui confirmer. Tyler se leva immédiatement et sortit de la pièce certainement pour aller chercher ce qu'il fallait.

— Je n'ai pas eu le temps de te présenter mon frère Lenny.

Vu que je les regardais tour à tour, Andrew esquissa un sourire en coin avant de continuer.

— Nous sommes jumeaux, si c'est la question que tu te poses.

Je n'eus pas le temps d'en savoir plus, puisque Tyler revenait déjà et me tendit un bloc note et un stylo. Je m'en emparai et commençai aussitôt à écrire avant de leur montrer.

> *Je m'appelle Kira Davis. C'est le nom de mon beau-père. Je ne connais pas mon vrai nom de famille.*

Je me préparai mentalement à faire face aux nombreuses questions qu'ils allaient certainement me poser. Je le vis, rien qu'à leurs sourcils froncés et leurs bras croisés sur leur torse.

— Comment ça se fait que tu ne connais pas ton nom ? me demanda Lenny, très surpris.

> *Ma mère n'a jamais voulu me le dire.*

— Qui est ta mère ? me demanda Andrew.

> *Lauren Davis mais c'est une fausse identité. Je ne connais pas la vraie.*

— Qui t'as mise dans cet état ? me demanda Tyler avec des étincelles de colère dans le regard.

> *Les Vicious Snakes. Spencer Davis est mon beau-père. C'est leur président et Lauren est sa régulière. Prisonnière chez eux depuis un mois.*

J'entendis plusieurs jurons étouffés et n'osai plus les regarder.

— Pourquoi être venu nous voir ? me demanda Andrew avec un peu plus de douceur dans la voix.

> *Quand je me suis échappée, j'ai entendu une conversation entre Lauren et Spencer. Ils parlaient de vengeance envers John Johnson et sa famille. Ils disaient qu'ils allaient exterminer vos clubs. Ils ont dit*

*qu'ils avaient un espion chez vous ici et une espionne
dans le chapitre de Californie qui les tiennent au
courant de tout. Ils ont dit que maintenant qu'ils
m'avaient récupéré, ils allaient mettre leur plan en
action. Ils ont dit que j'étais leur pion depuis toujours
et que j'étais leur meilleur atout, que j'étais importante
et que personne ne se doutait de rien.*

Il me fallut un peu de temps pour écrire tout ça, mais je me dépêchai du mieux que je le pouvais avec mes doigts qui se mettaient à trembler. Mes larmes coulaient sur mes joues, mais je continuai à leur écrire ce que j'aimerais leur dire.

*Elle a dit qu'elle allait tuer John Johnson et sa famille
après les avoir fait beaucoup souffrir.
Elle a dit qu'elle allait enfin se venger de vous.
Elle a dit qu'elle allait vous tuer comme elle l'a fait
pour son père.*

Je posai le bloc et le stylo sur mes jambes pour prendre mon visage entre mes mains et essayai de me calmer. Une main se posa sur mon dos et le frotta maladroitement. Je me figeai automatiquement et allais me soustraire à ce contact quand elle disparut d'elle-même. En me redressant, je constatai que c'était Tyler puisqu'il reculait de quelques pas. Je ne voulais pas qu'il pense que je le rejetais, alors je m'empressai d'écrire pour leur expliquer.

*Je suis désolée. Je ne supporte pas les contacts
physiques. Je n'arrive pas à parler. Lorsque j'y arrive,
ce n'est qu'un chuchotement.*

Je leur tendis mon bloque note, Andrew le récupéra pour lire ce que je venais de noter. Pour ma part, je m'allongeai sur le côté, sur le lit. Je ne savais pas si c'était toutes les émotions qui m'assaillaient d'un coup, mais je me tassai sur moi-même pour me mettre en position fœtale et je sombrai à nouveau dans l'inconscience.

Chapitre 4

Andrew

Assis dans mon salon avec Lenny et Tyler, nous restâmes silencieux, chacun dans nos pensées après avoir vu la petite Kira au dispensaire. Nous attendions John et nous avions besoin d'un remontant pour discuter de tous les éléments qu'elle avait pu nous donner. Je ne savais pas pourquoi mais dès que je l'avais vu, elle m'avait évoqué quelque chose de familier. Lenny m'avait confirmé qu'il avait lui aussi eu cette impression. Pourtant nous étions sûrs de ne pas la connaître, alors je ne savais pas d'où ça pouvait venir. Quand elle était venue dans mes bras pour pleurer, bordel ça m'avait remué les tripes. Nous avions beau être imposant et vivre souvent dans la violence, nous étions loin d'être insensible. Elle était tellement petite et fragile que j'avais l'impression de serrer une petite fille dans mes bras. Toutes les choses qu'elle avait écrites, j'avais pu y ressentir toute sa douleur. Elle avait apparemment vécu l'enfer même si elle nous avait dit très peu sur ce qu'elle avait enduré. C'était une certitude pour moi. Sa présence ici, malgré tout ça, prouvait que c'était une battante. Elle essayait de surmonter des trucs qui lui pourrissaient la vie, juste pour venir nous prévenir du danger, et je ne doutais pas à une seconde de sa sincérité. Je la trouvais incroyable. Sans le savoir, elle avait déjà trouvé sa place et prouvé sa valeur auprès de notre club. À cet instant, j'étais sûr que Lenny avait exactement le même raisonnement que moi. Nous étions pareil.

En ce qui concernait Ty, j'avais été très étonné de sa réaction dans la chambre de la petite lorsque nous étions arrivés. J'avais vraiment cru qu'il allait nous bouffer. Et quand il avait essayé de la réconforter, c'était une nouveauté ça aussi. Avec Lenny, on était restés comme deux cons à le dévisager. C'était comme là, dans mon salon, je l'observais du coin de l'œil, il était tendu comme un arc, prêt à exploser à tout moment. Il avait le visage complètement fermé, les mâchoires crispées et les poings serrés, je pouvais même apercevoir la rage qu'il ressentait dans ses yeux. Je comprenais tout à fait sa réaction mais je restais tout de même étonné par son comportement. Ce n'était pas dans ses habitudes de réagir ainsi pour quelqu'un et encore moins une femme. Je jetai un regard à Lenny qui venait de faire la même chose que moi et qui devait se poser les mêmes questions.

Je sortis de mes pensées lorsque j'entendis la porte d'entrée claquer et que John entra dans la pièce pour nous rejoindre. J'allais automatiquement lui chercher un verre pendant qu'il s'installait sur le canapé.

— Salut p'pa. On t'a demandé de venir car la petite nous a donné quelques éléments.

— Comment va-t-elle Drew ? me demanda-t-il immédiatement.

— Elle va mieux. On a pu lui parler tout à l'heure. Elle est restée inconsciente trois jours mais Speed nous a dit que son corps en avait besoin pour guérir plus vite et se remettre. Il ne sait même pas comment elle a pu arriver jusqu'ici dans l'état où elle était.

— Alors que vous a-t-elle dit ? m'interrogea-t-il soulagé que la petite aille mieux.

— Elle ne parle pas, le mieux c'est que tu lises ce qu'elle nous a écrit.

Je lui tendis les feuilles de Kira y compris la dernière qui nous avait particulièrement choquée. Mon père les lut avec attention alors que nous pouvions tous voir les traits de son visage se durcir au fil des mots. Il releva ensuite la tête vers moi.

— Je veux la voir Drew, déclara-t-il gravement.

— Demain p'pa. Il est tard et elle s'est effondrée à la fin. Speed nous a dit qu'elle est encore très faible. Elle doit se reposer et reprendre des forces.

— D'accord. Ce nom, Spencer Davis ça me dit quelque chose.

— Ty, n'y avait pas une photo de cette ordure dans le dossier que t'a remis Jasper ?

— Ouep, attends, dit-il en sortant le dossier pour tendre ensuite la photo à mon père.

Pappy examina attentivement la photo avant de relever de nouveau la tête vers moi.

— Je connais ce connard.

— D'où tu le connais ? lui demanda Lenny.

— Il a intégré notre club en tant que prospect il y a plus d'une vingtaine d'années. Charlie et moi on l'a éjecté au bout de trois mois avec une correction bien en règle.

— Pourquoi ? Qu'est-ce qu'il s'est passé ? lui demanda Ty, curieux.

— Il a violenté deux de nos brebis. Les filles étaient bien amochées et sont même parties après ça. S'il n'est pas mort, c'est uniquement pour qu'il vive avec la honte et les cicatrices qu'on lui a laissé, nous expliqua Pappy.

— Ok, donc maintenant on sait pourquoi il veut se venger des PoS, dis-je pensif.

— Ça ne résout qu'une partie du problème seulement, reprit Ty. La question c'est : pourquoi la mère de Kira, cette Lauren, veut se venger de Pappy ? Parce que c'est vraiment lui qui est visé quand elle dit « John Johnson et sa famille ». C'est qu'elle doit personnellement te connaître, dit-il en s'adressant à lui. Ce qui est bizarre aussi c'est qu'elle ne figure nulle part dans les recherches de Jasper.

— Comment ça ? lui demandai-je en fronçant les sourcils.

— Kira nous a dit que sa mère s'appelle Lauren Davis et qu'elle ne connaît pas son vrai nom de famille. Mais dans les recherches de Jasper, Spencer Davis n'est pas marié même si Lauren est sa régulière et n'a pas d'autre famille. Donc, je pense qu'elle lui a emprunté son nom pour se créer une fausse identité.

— D'accord Ty, je vois où tu veux en venir. Il va falloir qu'on questionne Kira pour essayer d'en savoir un peu plus sur sa mère, repris-je. J'ai vraiment l'impression que c'est la clé du problème.

— Moi aussi je suis d'accord avec ça, nous dit Lenny. Mais il y a un truc qui me chiffonne. Pourquoi ont-ils dit que Kira était leur pion depuis toujours et leur meilleur atout ? Et surtout que personne ne se doutait de rien. J'ai vraiment l'impression qu'on passe à côté d'un truc important.

Nous restâmes tous silencieux quelques minutes dans nos réflexions, jusqu'à ce que mon père reprenne la parole :

— J'irai voir la petite demain. Peut-être que j'arriverais à démêler certaines choses avec elle.

— Pappy vas-y doucement avec elle, elle est fragile. Attends que je puisse venir avec toi, s'empressa de lui dire Ty.

— Je ne vais pas lui faire du mal, gamin. Et je n'ai besoin de personne pour faire ce que j'ai à faire, lui répondit-il d'un air menaçant.

Lenny et moi les observâmes tour à tour, avant de dévisager Tyler qui se tassait sur lui-même dans le canapé.

— Ok ... Bon il est temps qu'on y aille, nous avertit Lenny pour couper court au duel de regards, tout en se levant. Je vais appeler Jasper en rentrant pour qu'il cible un peu plus ses recherches avec les infos qu'on a. En revanche, je crois que pour l'instant nous devons encore garder ça pour nous. Je n'aime pas mentir aux gars, mais je pense qu'il en va de notre sécurité et de celle du club.

— Je suis d'accord aussi, affirma Ty. Mais faudrait pas que ça dur trop longtemps car plusieurs de nos frères se posent déjà des questions sur nos allées-venues au dispensaire. Et en parlant de Jasper, il a vérifié tous ses systèmes de sécurité, il m'a certifié qu'on était clean.

— Bon, c'est déjà une bonne nouvelle. Pour le reste, on décidera ce qui est le mieux en temps voulu, leur dis-je pour clôturer notre petite réunion, tout en les invitants à partir. A demain mes frères. Pappy, les saluai-je.

Sur ceux, j'allais me coucher pour rejoindre Maddie qui m'attendait patiemment depuis tout à l'heure. Elle savait comment ça se passait. Les affaires du club restaient les affaires du club.

Le lendemain après-midi, j'étais au bureau au club-house quand Démon m'appela au téléphone. Je soupirai en sentant encore une embrouille arriver et décrochai malgré moi.

— Démon ?

— Salut Prèz. Je ne voulais pas te déranger mais il fallait que je te dise que Pappy a débarqué tout à l'heure pour voir Kira et il l'a ...

— Il a fait quoi ? demandai-je en soupirant pas surpris du tout.

— Il a embarqué Kira avec lui pour l'installer chez lui, me répondit-il dans un souffle.

D'accord, je me doutais bien que mon père n'en ferait qu'à sa tête mais de là à l'installer chez lui. Et bien sûr personne n'osait s'interposer face à ce vieux loup, ils avaient trop de respect et ils savaient aussi que ça ne servait à rien de lui tenir tête.

— Prèz ?

— Oui je suis là Démon. Laisse tomber ce n'est pas grave, j'y passerais ce soir après le boulot. De toute façon, elle se sentira peut-être mieux chez lui qu'au dispensaire.

— Ok Prèz. Je le pense aussi. En revanche, j'ai demandé à Andréa de passer la voir chez Pappy pour lui apporter quelques vêtements et des trucs de fille, pour qu'elle se sente plus à l'aise.

— Ouais, c'est vrai qu'on n'y avait pas pensé. Tu as bien fait. À plus tard Démon.

Je raccrochai et me remis au boulot avant de passer chez mon père.

Le soir venu, sur le chemin qui menait à nos chalets, je croisai Tyler qui marchait d'un pas furieux, la tête baissée. Je l'interpelai :

— Qu'est-ce qui t'arrive Ty ?

— Pappy ne veut pas me laisser entrer chez lui pour aller voir Kira, me répondit-il en grognant, l'air boudeur.

Je me stoppai net et clignai des yeux d'étonnement, en le regardant continuer à marcher et s'éloigner.

« *Mais qu'est-ce qui lui arrivait au petit ?* », me demandai-je, perplexe.

Je secouai la tête et me remis en route. Je n'eus pas le temps de frapper à la porte de mon père, que celui-ci sortit de la maison en refermant derrière lui.

« *D'accord ... Qu'est-ce qu'il lui arrive à lui aussi ?* »

— Salut p'pa, je viens voir comment va Kira.
— Elle va bien. Elle s'est endormie sur le canapé.
— D'accord. Je peux aller la voir ? Je ne la réveillerais pas, lui affirmai-je.

J'essayai d'avancer mais il me bloqua immédiatement le passage.

— Elle a besoin de se reposer. Ça fait beaucoup de choses à gérer pour ma petite. Repasse un autre jour Drew et dis à Tyler de se tenir éloigné d'elle, je ne veux pas qu'il lui tourne autour.

« *Je rêvais où il venait bien de dire MA petite ? Ok, il a carrément décidé de se la jouer papa poule hyper protecteur !* », me dis-je en me pinçant l'arête du nez pour souffler.

Il se retourna et rentra chez lui en me claquant la porte au nez. Je restai là, comme un con en regardant la porte clause devant moi. N'y pouvant rien pour l'instant, je soupirai un bon coup et décidai de rejoindre mon chalet.

« *Bordel, mais qu'est-ce qu'ils leurs arrivent à tous aujourd'hui ? »*.

Chapitre 5

Tyler

Deux semaines. Voilà deux semaines que Kira était entrée dans ma vie comme un ouragan pour y foutre le bordel. Dès que je m'étais perdu dans ses magnifiques yeux verts, j'étais foutu. Même les hématomes sur son visage n'y avaient rien faits. Je ne savais pas ce qu'il m'arrivait, je ne me reconnaissais plus. Elle avait déclenché tous mes instincts sans même le vouloir. Ce n'était pas dans mes habitudes de me préoccuper d'une femme. On en voyait passer pas mal au dispensaire, chacune avec une histoire compliquée et douloureuse, mais avec Kira c'était différent. Quand je l'avais porté dans mes bras, elle était si minuscule et vulnérable blottie ainsi contre moi, j'avais cette impression que j'étais fait pour elle et pour la protéger. Je l'avais veillé toutes les nuits au dispensaire, ne voulant pas la laisser toute seule alors qu'elle semblait si petite et perdue dans ce grand lit. Mais je n'avais pas pu la revoir depuis que Pappy l'avait kidnappé. Une semaine qu'elle était chez lui et que je ne l'avais pas vu. J'étais en rogne rien qu'en y repensant.

« Bon sang, je déraille complètement en ce moment ».

D'un sens, Pappy avait raison, il ne fallait plus que je l'approche. Je n'avais jamais eu l'intention de partager ma vie avec une femme. Pappy, Drew, Maddie, Lenny, Callie, Kyle et mes frères du club s'étaient eux ma famille. Je n'avais pas l'intention de laisser quelqu'un d'autre s'approcher de moi. Les brebis du club me suffisaient amplement, même si j'avais ma préférence pour Ophia depuis quelques temps. J'étais conscient que j'étais un véritable connard. Je respectais les femmes mais pour moi, mes échanges avec elles se résumaient à une bonne baise, pas de câlins, pas de discussions et surtout chacun chez soi. Ma chambre était au club-house et aucunes brebis n'y avaient jamais mis les pieds. C'était mon espace. Pour les régulières du club, c'était différent. Elles avaient notre respect et notre protection sans concession. Nous donnerions tous notre vie pour elles. Chez les PoS, quand on prenait une régulière c'était pour la vie. Elles étaient précieuses à nos yeux. En pensant à ces femmes exceptionnelles, de magnifiques yeux verts vinrent de nouveaux se faufiler dans mes pensées.

« Merde, arrêtes de penser à elle ainsi », m'engueulai-je tout seul.

Il fallait absolument que je me la sorte de la tête, que j'arrête avec mes conneries. Et ce soir, je comptais bien en profiter. Nous étions tous au bar pour fêter le retour de Kyle, le fils de Lenny et Callie, mon frère de cœur. Je le connaissais depuis que j'avais quinze ans, quand Drew et Maddie m'avaient recueilli dans leur famille, alors qu'il n'en n'avait que six à l'époque. Depuis on ne se quittait plus, à part pour de courtes périodes. Nous avions même monté notre propre affaire trois plus tôt, grâce au club, nous avions ouvert notre salon de tatouage en ville. Nous le gérions tous les deux même si ces derniers mois, j'avais dû gérer seul, et on pouvait affirmer que les affaires marchaient bien. Kyle revenait après six mois d'absence, dans le cadre d'un échange chez les PoS de Californie, sous les ordres du Président Daryl Mitchell. De temps en temps, ça nous permettait d'évaluer le fonctionnement de nos clubs respectifs, de voir les bons et les mauvais côtés pour pouvoir nous améliorer toujours plus. Dans le cas de Kyle, héritier d'un fondateur du club, ça permettait de faire ses preuves, et de prouver sa valeur sans aucun privilège. Mais vu ce qui se passait en ce moment au club, notre Prèz avait décidé de le rapatrier rapidement.

La soirée était déjà bien entamée, tandis que les discussions allaient bon train et que tous avaient déjà bien picolé. Les membres ayant une régulière étaient partis depuis peu pour nous laisser à notre soirée qui devenait plus privée et surtout plus débridée. Certains de mes frères étaient déjà affalés dans les canapés du bar avec des brebis entre les jambes, certaines occupées à genoux devant eux, d'autres les chevauchants sans honte à la vue de tous. Kyle lui, m'avait abandonné pour faire un petit tour avec une des brebis, Kayla.

« *Il n'a pas perdu de temps celui-là* », me dis-je en me marrant tout seul.

Moi, j'étais tranquillement assis au comptoir du bar, lorsque deux bras m'enlacèrent par derrière et que je sentis une poitrine se presser contre mon dos. En regardant par-dessus de mon épaule, je vis que c'était Ophia et qu'elle me servait une moue boudeuse.

— Salut Ty, tu étais où ? Ça fait longtemps que tu ne t'es pas occupé de moi ?
— Ce n'est pas à moi de m'occuper de toi, mais à toi de me faire plaisir, brebis. Ne l'oublie pas. Et ce que je fais ne te regarde pas. Je t'ai déjà dit que je ne t'appartenais pas, lui crachai-je au visage pour la remettre à sa place.

Elle me fit une grimace tout en me contournant pour se placer devant moi, entre mes jambes. Oui j'étais un connard mais je ne lui devais rien. Depuis qu'on baisait ensemble, elle espérait qu'un jour je la prendrais pour régulière, et elle commençait à prendre un peu trop ses aises avec moi. Elle était au courant depuis le début que c'était son rôle d'être une brebis, c'était elle qui l'avait choisie, donc je la remettais souvent à sa place. Et encore une fois, elle essaya de m'amadouer. Elle passa ses ongles manucurés sur mon torse et se rapprocha de moi pour m'aguicher.

— Tu m'as manqué, me dit-elle avec un petit sourire charmeur.
— Tu as envie de baiser ma jolie ? lui demandai-je, cash.
— Toujours avec toi mon amour.

Je détestais ces surnoms à la con, mais n'y prêtai pas attention. Pour l'instant une seule chose comptait.

— Suis-moi, l'invitai-je en l'entraînant avec moi.

Arrivés dans un couloir désert du club-house, je n'attendis pas longtemps pour la plaquer contre le mur. Je plongeai dans son cou pour la dévorer, tout en lui caressant sa poitrine généreuse.

— Embrasse-moi, me demanda-t-elle entre deux soupirs.

Je relevai instantanément la tête et la regardai sévèrement. Elle se tassa sur elle-même quand elle comprit qu'elle venait de dire une connerie.

— C'est moi qui décide, si ça ne te convient pas, dégage. Je trouverais quelqu'un d'autre.

Elle baissa immédiatement la tête en signe d'assentiment mais ne bougea pas. Elle était au courant que ce n'était pas une option pour moi, je n'embrassais jamais personne sur la bouche, vraiment jamais. C'était quelque chose de trop personnel pour moi, et je n'étais pas prêt à l'offrir à qui que ce soit. Voyant qu'elle était d'accord pour continuer, je recommençai à la chauffer et lui mordis l'épaule en guise de punition. Sa respiration se modifia, alors qu'elle haletait d'excitation. Et là, je ne compris pas pourquoi mais ça ne me satisfaisait pas plus que ça. Au lieu de ça, le visage de Kira s'invita dans mon esprit. Et je ne pus m'empêcher de les comparer. Face à la beauté naturelle de Kira, Ophia me semblait complètement superficielle. Putain, fallait que j'agisse sinon je sentais que ça allait foirer. Alors, je ne perdis pas une seconde et retournai Ophia pour lui placer les mains contre le mur. Elle comprit tout de suite la manœuvre et se cambra pour frotter ses fesses contre mon entrejambe. Je n'hésitai pas, et lui relevai sa micro-jupe, en déchirant son string d'un coup sec au passage. Puis, je plongeai ma main entre ses cuisses. La sentant mouillée, je fis pénétrer un doigt dans sa chatte serrée, puis un deuxième, mais bizarrement je n'en éprouvais aucune satisfaction. Alors, étant prête à m'accueillir, j'ouvris ma braguette et sortis mon membre dur. Je le recouvris d'une protection, que j'avais sorti de ma poche, puisque je ne faisais jamais sans, sécurité oblige. Sans hésitation, je m'enfonçai profondément en elle en une seule poussée. Elle hoqueta de surprise et poussa des gémissements de plus en plus fort, à n'en plus finir au fil de mes vas-et-viens. Plus je la pilonnais de manière brutale, plus elle éprouvait du plaisir, et ses gémissements se transformèrent rapidement en cris. Pour ma part, je ne supportais plus de l'entendre alors j'accélérai encore la cadence jusqu'à me libérer dans un grognement. Je sentis qu'elle atteignait l'orgasme en même temps que moi, et tant mieux parce que je ne me sentais pas de la finir. D'habitude, je faisais toujours en sorte que ma partenaire soit comblée, mais là, je n'y arriverais pas. Je ne souhaitais qu'une chose : prendre une douche pour enlever son parfum que je sentais sur moi pour oublier ce qui venait de se passer. Et ce fut ce que je fis. Je me dégageai de son fourreau trempé, remballai ma queue dans mon jean et m'en allai sans un mot, ni un regard en arrière. J'entendis un « connard » quand je m'éloignai mais n'y prêtai pas attention. Je rejoignis ma chambre dans le brouillard en ayant l'impression que j'avais fait une grosse connerie ce soir. Pourtant, c'était dans mes habitudes de baiser qui je voulais et quand je le voulais, et ça me convenait parfaitement en temps normal. Même si pour le coup, c'était une baise éclaire. Deux semaines que je n'avais pas baisé et pourtant ça ne m'avait pas apaisé.

En me couchant, après une longue douche, seul le visage de Kira et ses magnifiques yeux verts apparurent dans mon esprit. Je sus, à ce moment-là, que j'étais vraiment dans la merde.

Chapitre 6

Andrew

Je me trouvais à la Chapelle avec Jasper qui préparait son matériel informatique, en attendant que nos frères arrivent. Cela faisait maintenant trois semaines que Kira était parmi nous et qu'elle se remettait doucement. Ses blessures avaient quasiment toutes disparues et elle se sentait de plus en plus à l'aise chez Pappy. Elle avait même commencé à lui parler un peu, bien que cela restait des chuchotements, mais c'était déjà une grande avancée pour elle. Fallait dire qu'il ne la lâchait pas d'une semelle sauf quand il venait se joindre à nous pour les messes. Cependant, il la maternait tellement qu'on aurait cru que c'était son bébé.

« *Un dur à cuire avec un grand cœur tendre* », me dis-je en secouant la tête et en me marrant tout seul.

Bref, depuis que la petite était chez lui, il surveillait les visites de près. J'y passais tous les soirs après le boulot dès je le pouvais, tout comme Lenny qui faisait pareil. En revanche, il avait interdit l'accès à Tyler, et apparemment ça foutait celui-ci en rage. Je ne savais pas ce qu'il nous faisait le gamin, mais il avait l'air vraiment pas net depuis que Kira était arrivée. Il allait bosser la journée à son salon de tatouage, allait boire un verre au bar du club le soir, puis partait se coucher seul. Plusieurs des gars étaient même venus me voir pour me dire qu'ils s'inquiétaient pour lui. Selon eux, il ne baisait même plus avec les brebis, et encore moins avec Ophia qui, du coup, faisait chier tout le monde depuis une semaine, en se plaignant que Ty ne s'occupait plus d'elle.

Je revins au présent quand mes frères arrivèrent et qu'ils se placèrent autour de la table. Pour cette réunion extraordinaire, j'avais invité Daryl, le Prèz des PoS en Californie, puisque cette réunion le concernait autant que nous. Il était venu avec son VP, Duke, et son sergent d'arme, Nolan. Cette messe avait pour but de faire le point sur la situation concernant Kira et les Vicious Snakes, mais aussi mettre tout le monde au parfum afin d'avancer dans cette affaire. Une fois les gars installés, j'annonçai le début de la séance.

— Mes frères, avant toutes choses ce qui se dit ici, ne doit pas en sortir pour l'instant. Si je vous ai demandé de venir c'est que la situation est pourrie. Le club de Daryl est concerné aussi, c'est pour ça qu'il est ici. On va faire le point sur ce qu'on sait et les nouvelles infos qu'on vient d'avoir, et surtout vous mettre tous au courant de ce qui se passe ces derniers temps.

Je respirai un bon coup avant de lâcher la bombe, et repris.

— Nous avons des espions chez nous.

Pas manqué, les gars furent immédiatement hors d'eux. J'entendais très nettement leurs jurons et leurs exclamations de colère. Cependant, je tapai du poing sur la table pour les faire taire et repris de nouveau.

— Je sais que ça vous fout en rogne, mais nous devons faire le point. Alors ouvrez bien vos oreilles et écoutez bien toutes les infos qu'on a à vous donner, ordonnai-je en les regardant tous.

Ils hochèrent rapidement la tête, l'air sérieux et concentrés. Je commençai donc mon récit.

— Pour faire court, il y a trois semaines de ça, Ty et Démon ont trouvé une jeune femme sur le bord de la route dans un sale état, pas très loin du club. Avant de s'évanouir, elle a donné un mot à Ty où il était dit : PoS danger, 2 clubs 2 espions, Trouver John Johnson et sa famille pour les prévenir, ennemi les VS. Les gars l'ont ramené au dispensaire pour la soigner. Elle s'appelle Kira. Elle est restée inconsciente pendant trois jours. Pappy l'a installé chez lui et s'occupe d'elle depuis. On sait qu'elle a été retenue prisonnière chez ses ordures pendant un mois avant de réussir à s'enfuir. Mais on sait aussi qu'elle en bavé toute sa vie.

— Comment va-t-elle ? demanda aussitôt Daryl.

Je jetai un coup d'œil à Speed pour lui demander

silencieusement de prendre le relais pour cette partie, puisque c'était lui qui s'occupait de sa santé.

> — À son arrivée, Kira était vraiment très mal en point, elle va mieux maintenant même si elle reste encore fragile. Mais j'ai découvert une bonne vingtaine d'anciennes fractures ressoudées, sur ses radios. Je ne peux rien affirmé de plus, même si j'ai certains doutes, annonça-t-il en grimaçant.

À cette information, tous les hommes de la pièce explosèrent de colère en même temps. Tyler balança sa chaise contre le mur dans un accès de rage, alors que Kyle et Lenny se jetèrent immédiatement sur lui pour le contenir et le calmer. Et il nous fallut, à tous, un moment pour reprendre nos esprits. Tandis que Kyle aidait Tyler à venir se rasseoir, je savais ce que sous-entendait Speed, mais je devais faire abstraction de ma propre rage. Je pris une grande inspiration pour reprendre le cours de la réunion.

> — On est bien d'accord qu'il n'y a que des sous-merdes pour faire ça. La petite a connu le pire des enfers mais malgré ça, elle a eu le courage de venir jusqu'à nous pour nous prévenir du danger. Elle est ici, avec nous maintenant, et nous allons continuer à prendre soin d'elle. Elle fait partie des nôtres, déclarai-je solennellement.

Tous acquiescèrent d'un signe de tête, en guise d'assentiment. Je me frottai le visage et passai les mains dans mes cheveux pour me remettre les idées en place.

— D'après, ce que nous savons, grâce à Kira et nos recherches : il s'agit d'une vengeance. D'un côté par Spencer Davis, président des VS et beau-père de Kira. C'était un de nos anciens prospects, il y a de ça plus d'une vingtaine d'années, viré par Pappy et Charlie au bout de trois mois avec quelques cicatrices en souvenir. Son but étant d'exterminer nos clubs et de prendre certainement notre place. Nous savons qu'il a envoyé un espion chez nous et qu'il y a une espionne chez Daryl. Jasper, tu nous affiches sa photo ? lui demandai-je pour qu'il l'affiche sur le grand écran de la Chapelle. Retenez bien son visage, dis-je en m'adressant de nouveau à tout le monde. De l'autre côté, et c'est un peu plus flou, nous avons la régulière de Spencer, Lauren, la mère de Kira. Le problème c'est qu'on ne sait ni pourquoi elle veut se venger de Pappy et notre famille, ni qui elle est réellement. Elle vit sous une fausse identité car elle n'est pas mariée à Spencer alors qu'elle porte son nom. Kira ne peut pas nous aider puisqu'elle même ne connaît pas son vrai nom ni qui est sa famille ou même si elle en a encore une.

— Comment c'est possible ça, comment peut-elle ne pas savoir qui elle est ? demanda Kyle, surpris.

— La seule chose que Kira espère depuis qu'elle est enfant, c'est d'avoir une véritable famille et surtout de pouvoir rencontrer son père pour rester avec lui, déclara mon père. Sachant ça, sa génitrice a décidé d'en jouer et de la faire souffrir encore plus en lui cachant la vérité.

Tout le monde se tourna subitement vers lui pour le dévisager.

— Comment tu sais ça ? le questionnai-je, les sourcils froncés.

— La petite s'est un peu confiée à moi et elle m'en a parlée. Elle m'a aussi dit qu'à chaque fois qu'on lui faisait du mal ou qu'elle était triste, elle pensait à son père : au fait qu'elle ne devait jamais abandonner pour lui, me répondit-il, l'air grave.

Je ne pouvais empêcher cette nouvelle information de me transpercer le cœur.

— Ok, repris-je en me raclant la gorge. Il y a autre chose d'étrange dans tout ça. Spencer et Lauren ont dit que Kira était leur pion depuis toujours et que personnes ne s'en doutaient. Qu'elle était leur meilleur atout dans leur plan tordu. Et sa mère n'a pas arrêté de lui dire qu'elle était importante alors qu'elle la détestait ouvertement. On pense que c'est ça la clé de l'histoire.

— Jasper tu as trouvé autres choses ? lui demanda Lenny.

— Oui. Ça fait deux semaines qu'on surveille leur QG et on a des photos d'une femme qu'on n'arrive pas à identifier mais qui correspond en tout point à la description que Kira nous a faite de sa mère. Elle y passe quasiment tous les jours mais n'y vit pas, nous informa-t-il en affichant des photos à l'écran.

Jasper fit défiler plusieurs photos avant de s'arrêter sur un gros plan du visage d'une femme. Je retins un hoquet de stupeur et plissai les yeux pour être sûr de ce que j'avais devant les yeux. Malheureusement, je n'eus plus de doute quand j'entendis mon père et Lenny lâcher des jurons tous les deux.

« Putain mais c'était quoi ces conneries ? »

Je me retournai vers mon père lorsque je le vis se lever et s'appuyer de ses poings sur la table.

— Drew, je ne rêve pas, n'est-ce pas ? Tu la reconnus toi aussi ? Et toi Lenny ? nous questionna-t-il d'une voix menaçante.

Nous n'arrivions même pas à parler, nous restâmes muets tous les deux. Nous hochâmes simplement la tête pour lui confirmer. Je sentis que tout le monde nous regardait en se demandant ce qu'il se passait.

— Qu'est-ce qu'il se passe Drew ? Vous connaissez cette femme ? me demanda Daryl. Mais ce fut mon père qui reprit la parole très en colère.

— Oui. Nous la connaissons. Ou du moins, on la connaissait. Même si elle a beaucoup changé et vieilli, je reconnaîtrais ce visage entre mille. Je vous présente Lauren Miller, la fille de Charlie Miller, mon ancien VP et meilleur ami, qui a été tué il y a une dizaine d'années. On n'a jamais su par qui. Elle a disparu, il y a un peu plus de vingt-cinq ans, sans explications, du jour au lendemain. On ne l'a jamais retrouvé.

— Putain Prèz, Kira va avoir vingt-cinq ans dans

quelques semaines. Est-ce que ça vous semble possible que son père soit un des nôtres ? nous interrogea Speed avec urgence.

— Bordel Drew, ça ne peut pas être une coïncidence, est-ce que tu te rends compte de ce que ça veut dire ? me lança Lenny, au bord de la crise de nerfs.

Tout le monde me regarda avec insistance attendant que je dise quelque chose. Mais je ne pouvais pas. Je restai là, comme un con, sous le choc de ce que cela impliquait.

« *Elle ne m'a pas fait ça, ce n'est pas possible. Elle n'aurait jamais pu faire me faire ça et à sa propre fille. À ... MA ... FILLE !!! J'ai une fille et elle a vécu l'enfer toute sa vie sans que je ne me doute de rien !!!* », me dis-je ivre de rage tout en me levant pour faire les cent pas.

Dès que je pris conscience de ça, toutes les pièces du puzzle se mirent en place d'elles-mêmes. C'était devant mes yeux depuis le début et je n'avais rien vu. Quelque chose en elle me semblait familier sans savoir d'où ça venait, Lenny et mon père avaient eu la même impression. Lauren me l'avait prise sans que je le sache, par vengeance parce que je ne voulais pas quitter le club et la choisir, elle. Elle était partie sans même me dire qu'elle était enceinte. Elle avait tué Charlie parce qu'il avait fondé ce club avec mon père. Elle voulait tous nous exterminer surtout mon père.

— Prèz ? Est-ce que ça va ? s'inquiéta Tyler, hésitant.

Ce coup-ci, ce fut Lenny qui prit la parole pour

expliquer ma réaction, après m'en avoir demandé silencieusement la permission.

— Cette femme était en couple avec Andrew depuis deux ans avant de disparaître après une grosse dispute. Donc pour moi, il ne fait aucun doute que Kira ... est certainement la ... fille de Drew. (Il se tourna vers moi avant de reprendre) C'est pour ça qu'elle nous semblait si familière, et quand on y pense bien, elle te ressemble énormément mon frère.

Tout le monde fut estomaqué. Ils comprirent rapidement que j'avais besoin de temps pour digérer tout ça. Mon père le pensa également puisqu'il annonça :

— Mes frères, je pense qu'il est préférable de faire une pause. On reprendra plus tard si ça ne vous dérange pas.
— Bien sûr que non. On comprend tous, nous dit Daryl avant de s'adresser à moi. Andrew sache que nous serons toujours là pour toi et les tiens. Nous sommes tous des PoS, nous prenons toujours soin des nôtres.

Tous approuvèrent les uns après les autres.

— Merci mes frères, leur dis-je la gorge nouée. Sortons prendre un peu l'air. Les femmes ont préparé un barbecue géant donc profitez. On refera une messe dès demain.

Je fis taper le marteau sur la table pour annoncer la fin de la séance, puis nous sortîmes tous en silence.

Dehors c'était l'effervescence, et même s'ils étaient

choqués eux aussi, Pappy, Lenny, Tyler et Kyle restèrent près de moi pour s'assurer que je digérais bien les choses.

— Ça va aller Drew, on va gérer ça ensemble et on est tous là pour elle maintenant, me dit Lenny.
— C'était déjà ma petite dès que l'ai rencontré. C'est ton bébé, me dit mon père, le visage adoucit par l'émotion, en me serrant brièvement l'épaule.
— Elle va enfin avoir son père près d'elle, me dit Kyle en me souriant.
— On fera tout ce qu'on peut pour elle, affirma Tyler.
— Il va falloir que j'en parle à Maddie. Bordel, c'est dingue !!! dis-je en me passant les mains sur le visage.
— Ne t'inquiète pas pour rien. Depuis que vous avez parlé d'elle à vos régulières, Maddie et Callie passent tous les jours pour venir lui tenir compagnie, m'informa mon père.

Leurs paroles me firent un bien fou. Le choque commençait à passer pour laisser peu à peu place à : la joie de découvrir que j'étais papa mais aussi, la tristesse de savoir qu'elle avait enduré des années d'horreur, et de la colère en sachant qu'on m'avait volé tout ce temps avec elle.

Ce fut à ce moment-là que nous entendîmes un, puis deux coups de feu. Nous nous figeâmes tous d'horreur avant de nous diriger vers la source du bruit : le chalet de Pappy.

Chapitre 7

Kira

J'étais tranquillement assise dans le salon de Pappy depuis qu'il était parti à sa réunion, la messe comme il l'appelait. Je dessinais pour passer le temps. L'art m'avait toujours passionnée. Peut-être parce que c'était le seul moyen que j'avais trouvé pour m'exprimer librement. Pendant mes années de fuite, j'étais même allée à la fac sous un faux nom, pour pouvoir l'étudier. Selon mes professeurs, j'étais une élève brillante, j'avais d'ailleurs obtenu mon diplôme avec une mention. C'était peut-être comme ça que les VS avaient retrouvé ma trace. Non, il ne fallait pas penser à ça. Pour l'instant, j'étais sous la protection des PoS, dans leur club.

« Mais combien de temps vont-ils me garder avant de m'abandonner ? », me demandai-je tristement.

Depuis que j'étais chez Pappy, je me sentais tellement bien. Je me sentais enfin en sécurité, entourée par des personnes qui ne me voulaient aucun mal. Je n'avais jamais connu cela avant. J'allais beaucoup mieux, mes hématomes avaient disparus, et j'avais repris du poids. Mes côtes me faisaient encore un peu souffrir par moment, mais ce n'était rien comparé à ce que j'avais déjà enduré. Je regardai autour de moi, en me rendant compte que cela devait ressembler à ça un véritable foyer. Pappy était génial avec moi, il me laissait tout l'espace dont j'avais besoin, tout en me maternant comme une petite fille. Il avait réussi à me redonner peu à peu confiance en moi, au fil des jours. J'arrivais à lui parler maintenant, même si ça restait des chuchotements. C'était même un peu déroutant par moment et je ne savais pas trop comment réagir à toutes ces attentions. Je n'avais pas l'habitude qu'on s'occupe ainsi de moi. Andrew et Lenny prenaient le temps de venir me voir pratiquement tous les soirs. Je les aimais vraiment bien ces deux ours. Je n'arrivais pas encore à m'exprimer avec eux, il n'y avait que Pappy qui avait ce privilège, mais j'étais persuadée que ça ne tarderait plus à venir. Ils étaient adorables avec moi, toujours à me demander si j'allais bien ou si j'avais besoin de quelque chose. C'était Andrew qui m'avait offert mon matériel de dessin pour ne pas m'ennuyer, m'avait-il dit. C'était bien la première fois qu'on m'offrait un cadeau. Je n'avais d'ailleurs pas pu m'empêcher de verser une larme. J'avais aussi fait la connaissance de leurs femmes, Maddie et Callie. Je les adorais, elles étaient tellement gentilles et attentionnées. Elles se comportaient comme de véritables mères avec moi, alors que la mienne me haïssait et m'avait toujours voulu du mal. Speed et Démon passaient me voir régulièrement eux-aussi, pour mon suivi médical et par amitié m'avaient-ils dit. Je n'étais pas sûre de savoir ce que ça voulait dire, je n'avais jamais eu d'amis. La seule personne qui me manquait, c'était Tyler. Je me sentais inexplicablement triste de ne pas le voir. Je me sentais si bien avec lui. J'aimais tout chez lui : ses yeux, sa voix, son odeur, son petit sourire sexy, sa façon d'être avec moi.

« N'importe quoi, je débloque complètement là !!! »

J'étais vraiment heureuse de tous les avoir ainsi, mais d'un autre côté, je me sentais coupable d'attirer autant l'attention sur moi. Ça ne me ressemblait pas d'être vulnérable. Toute ma vie, j'avais dû m'endurcir et apprendre à rester forte pour affronter toutes les situations, la tête haute et toute seule.

Je sursautai en entendant frapper à la porte. Je ne bougeai pas, comme Pappy m'avait dit de ne jamais répondre. C'était lui qui le faisait toujours. Au bout de quelques secondes, j'entendis des bruits de pas s'éloigner. Je soufflai un bon coup et m'approchai doucement de la fenêtre, en me plaçant derrière le rideau pour ne pas être vu. Je vis un homme et au moment où il se retourna pour regarder la maison, je mis une main sur ma bouche pour retenir un cri d'horreur, en collant mon dos contre le mur. Je le reconnus immédiatement, c'était Vince, un membre des VS.

« Merde, ça doit être lui la taupe », me dis-je en commençant à paniquer.

Je regardai de nouveau discrètement par la fenêtre, mais ne le vis plus nulle part. Je me retournai d'un bon en entendant un bruit de verre brisé venant de l'arrière du chalet. Le temps de réagir, que Vince entrait déjà dans le salon. J'essayai de courir pour monter les escaliers mais sa masse imposante s'abattit sur moi, et m'écrasa durement au sol, en me coupant la respiration. Il se releva en m'empoignant par les cheveux pour me placer debout face à lui. Je lui attrapai le poignet des deux mains et le griffai pour essayer de le faire lâcher prise.

— Putain, c'est toi qu'ils viennent tous voir ? Espèce de sale pute. Tu as buté un de mes frères pour t'échapper et venir les prévenir, me dit-il plein de haine.

Il me lâcha les cheveux et me mit un puissant coup au visage qui me renvoya instantanément au sol. Il me retourna ensuite sur le dos et commença à m'étrangler de ses mains.

— Tu vas voir la punition que tu vas prendre quand je vais te ramener au QG et que le Prèz et ta mère vont savoir où tu te cachais.

Il relâcha mon cou pour me remettre une gifle qui m'ouvrit la lèvre inférieure. Je sentis aussitôt le goût de mon sang dans ma bouche. Mais ce n'était pas assez pour lui, il prit ma tête pour la cogner par terre pour m'assommer. J'étais sonnée mais sentis tout de même ma tempe exploser et le sang couler dans mes cheveux et mon cou.

— Mais avant de te ramener, je crois que je vais te punir moi-même pour avoir essayé de faire foirer notre plan, me dit-il à l'oreille avec un air vicieux.

Sans me laisser reprendre mes esprits, il ne perdit pas

de temps et se redressa pour arracher le devant de ma robe de haut en bas de ses mains. Je n'avais pas de soutien-gorge alors il attrapa ma culotte pour me l'arracher et laissa son regard de pervers se promener sur mon corps. J'essayai de me débattre comme je le pouvais mais rien n'y faisait, il était trop lourd pour moi.

« *Non, non, non, hors de question que je revive ça* », me dis-je en colère maintenant.

Je devais arrêter de paniquer et me défendre.

« *Rappelle-toi que tu n'es plus cette petite fille terrifiée, tu es une femme forte à présent !* », m'encourageai-je.

Il s'allongea sur moi et embrassa ma poitrine. Je criai de douleur lorsqu'il me mordit violemment un de mes mamelons. Ça l'excita puisque je sentis rapidement son érection à travers son jean contre ma cuisse. J'avais envie de vomir, mes larmes coulaient sur mes joues alors que son poids m'étouffait, mais je n'arrivais toujours pas à bouger. Puis, je sentis un métal froid contre ma peau nue. Je reconnus l'objet alors qu'un mince espoir m'envahissait. C'était ma chance alors je la pris sans attendre. Avec beaucoup d'effort, j'arrivai enfin à dégager mes bras et lui enfonçai tout de suite mes pousses dans les yeux, du plus fort que je le pus. Il roula sur le côté et mit ses mains sur son visage en hurlant. Je n'hésitai donc pas et essayai de prendre son arme. Dans la manœuvre, il arriva à me prendre le poignet et un coup de feu partit tout seul. Je sursautai, mes forces commençaient à me quitter, je ne devais pas flancher maintenant sinon il allait reprendre le dessus.

« *Je me battrais jusqu'au bout* », me dis-je déterminée.

Je lui donnai un bon coup de coude dans la trachée, ce qui de surprise, ou peut-être de douleur, le fit lâcher prise. J'arrivai tant bien que mal à me redresser un peu et m'empressai de presser l'arme que j'avais dans la main, dans le creux de son épaule et sans hésitation, je tirai. Je ne voulais pas le tuer, juste le blesser. Il pouvait nous donner des infos importantes, même si pour ma part, j'aurais préféré qu'il y reste. Je l'entendis hurler de douleur mais ça ne m'affecta pas. Je m'en foutais complètement. Dès que je le pus, je m'éloignai doucement à reculons pour enfin mettre de la distance entre nous, et le garder en joue en attendant que les hommes arrivent. Ils avaient certainement dû entendre les coups de feu, donc ils ne devraient pas tarder. Je tremblais de tout mon corps, et en baissant les yeux sur ma robe, je pris conscience de ma nudité. J'essayai de me couvrir du mieux que je le pouvais avec ma main libre.

Je n'eus pas à attendre très longtemps, un troupeau d'homme débarqua en trombe dans le salon de Pappy, flingues à la main. Je serais morte de rire si je n'avais pas aussi mal et eu autant peur. Ils observèrent la scène devant eux, les yeux écarquillés de surprise alors que l'horreur se peignait sur leurs visages. Andrew fut le premier à s'approcher de moi. Il s'accroupit pour être à ma hauteur en me regardant dans les yeux. Il me parla d'une voix douce et basse.

— Kira, m'appela-t-il alors que je fixai toujours Vince, mon arme à la main. Regarde-moi, ma puce.

Je tournai ma tête vers lui, le visage baigné de larmes et de sang mêlés.

— C'est fini ma puce, on va s'occuper de lui, il ne te fera plus jamais de mal. D'accord ?

Une douce chaleur me réchauffa de l'intérieur en entendant le petit surnom qu'il me donnait. Je hochai doucement la tête, alors qu'il me tendit sa main en me demandant l'arme que je tenais encore. Je la baissai et lui donnai. Puis, il prit une couverture que Pappy lui tendait pour m'emmitoufler dedans, sans gestes brusques et en évitant de me toucher.

— Wolf, Black, ramassez-moi cette merde et mettez-le au frais. On s'en occupera plus tard. Démon, rafistoles-le un minimum qu'il tienne pendant l'interrogatoire. Speed, ton matériel pour t'occuper de Kira, ordonna-t-il aux hommes derrière lui, tout en continuant à me fixer.

Je me rapprochai instinctivement de lui et pour la première fois, je réussis à lui parler. Dès que les mots sortirent de ma bouche, un silence angoissant se fit tout autour de nous.

— Il ... c'est Vince ... un membre des VS. Il a leur tatouage dans son dos, chuchotai-je.
— Ne t'inquiète plus de ça ma puce, garde tes forces. Speed va venir pour s'occuper de tes blessures, ok ? me demanda-t-il apparemment ému de m'entendre.
— Il a déchiré la robe que Maddie m'a offerte, me

plaignis-je comme une petite fille, en me sentant ridicule de penser à ça maintenant, tout en me plaçant dans ses bras en éclatant en sanglots silencieux.

Il m'entoura immédiatement de ses bras en soufflant un grand coup, puis me berça doucement contre lui en me caressant les cheveux. Je fermai les yeux en entendant du remue-ménage et des jurons autour de nous.

— Ce n'est pas grave. Maddie t'en rachètera une autre ma puce, me dit-il doucement.

Quelques minutes passèrent ainsi avant de nous écarter l'un de l'autre au retour de Speed. En relevant la tête, je m'aperçus que Tyler se tenait près de nous, accroupit lui aussi, le regard remplit de colère, la mâchoire crispée et les poings serrés. Andrew s'adressa aussitôt à lui.

— Tyler, je veux que tu restes avec Kira. Tu t'installes chez Pappy par précaution. C'est bon pour vous ? demanda-t-il aux concernés.
— Bien sûr Drew, lui répondit Pappy.
— Aucuns soucis pour moi. Je vais juste faire un saut au club-house pour prendre mes affaires, lui répondit Tyler avec beaucoup de sérieux dans la voix. Je la monte dans sa chambre avant de te suivre.
— Ok. On va s'absenter un moment pour remettre les choses en ordres, on revient après, dit Andrew en s'adressant à Pappy. Speed occupe-toi bien d'elle. Vérifie que tout va bien.
— Ne t'inquiète pas Drew, on va faire attention à

notre Petite, lui confirma de nouveau Pappy.

— Kira, avant de partir, j'aimerais te montrer une photo pour que tu me dises si tu reconnais cette personne. Je sais que le moment est mal choisi mais je dois absolument savoir, me demanda Andrew d'un air grave et peu sûr de lui tout à coup.

Je hochai la tête, intriguée par sa demande, et pris la photo qu'il venait de sortir de sa poche de sa veste. En voyant le visage qui s'y trouvait, je relevai mes yeux écarquillés sur lui pour le fixer avant de lui répondre :

— C'est Lauren, ma ... mère, lui annonçai-je dans un souffle à peine audible.

Il ferma un instant les yeux et les rouvris avec une expression particulière que je n'arrivai pas à déchiffrer. Il fixa ensuite Pappy et Lenny qui avaient la même expression dans le regard.

— Vous la connaissez ? leur demandai-je suspicieuse, en les regardant tour à tour.
— Nous en reparlerons quand je reviendrais, m'informa-t-il, l'air déterminé.

Je n'eus pas le temps d'en savoir plus que déjà les hommes bougèrent, vidant le salon peu à peu. Tyler s'approcha de moi sans un mot. Il passa doucement un bras derrière mon dos et un autre en-dessous de mes genoux pour me soulever dans ses bras. Je sursautai d'abord à son contact avant de me laisse aller en posant ma tête sur son épaule, son odeur me rassurant immédiatement. Il m'emporta à l'étage puis dans ma chambre, et me déposa délicatement sur le lit. Il se retourna vers Pappy et Speed qui nous avaient suivis pour s'adresser à eux :

— Speed s'il y a le moindre problème, tu n'hésites pas, tu appelles. Je n'en ai pas pour longtemps.

— Ça va aller, je vais m'occuper de ses blessures et veiller sur elle avec Pappy, lui répondit Speed l'air tout aussi grave et sérieux que lui.

— Tu n'as pas à t'en faire Tyler, je ne la quitte plus d'une semelle, lui affirma Pappy en grognant.

— Je vais bien. Ça va aller, leur dis-je dans un souffle pour leur faire comprendre que je n'étais pas aussi fragile qu'ils le pensaient.

Ils se tournèrent tous les trois vers moi, surpris. Je haussai les épaules, en baissant la tête pour me tassai sur moi-même, sur mon lit.

— Ok. Je reviens, nous avertit Tyler avant de sortir de la pièce d'un pas rapide.

Chapitre 8

Andrew

Après avoir remis de l'ordre dans le bordel qui venait de se passer, je fis les cents pas dans mon bureau, fou de rage.

« Bordel, cette sous-merde a réussi à faire du mal à la petite, MA petite, chez moi, dans mon club ! », me dis-je ivre de rage en envoyant valser tout ce qui se trouvait sur mon bureau.

Wolf et Black s'étaient occupés de la première phase de l'interrogatoire de cette vermine. Après quelques réticences, il avait commencé à se mettre à table. Il avait confirmé ce que je savais déjà : que Kira était bien ma fille. Apparemment, Lauren avait horreur des enfants et n'en avait jamais voulue. Elle s'était assurée de tomber enceinte juste pour avoir un moyen de pression sur moi, mais avant de me l'annoncer, elle s'était dit que ce serait bien d'exercer sa vengeance sur sa fille. Elle s'était donc alliée au VS pour mettre toutes les chances de son côté. Vince nous avait aussi confirmé que c'était bien Lauren qui avait tué Charlie.

Je n'en revenais pas qu'elle soit à ce point tordue. Comment pouvait-on tuer son propre père et faire souffrir sa propre fille ? Je me demandais comment j'avais pu passer à côté de son comportement quand elle vivait encore avec nous. Notre relation avait duré deux ans, mais nous nous connaissions depuis l'enfance. Nous étions jeunes, j'avais des sentiments pour elle mais c'était loin d'être de l'amour, c'était juste facile et confortable. Elle ne m'avait rien dit de sa grossesse le jour de notre dispute alors que le lendemain, elle avait disparu.

Je secouai la tête et me passai la main dans les cheveux. Ça ne servait à rien de ressasser le passé, il fallait composer avec le présent maintenant et avancer. Il y avait une autre révélation de Vince qui nous avait laissé sur le cul : Kira avait tué un des membres des VS pour s'échapper de leur QG. Je devais avouer que j'étais très fière d'elle, même si ça m'attristait de savoir qu'elle avait dû en arriver là pour sauver sa vie. Apparemment la petite savait se servir d'une arme et n'hésitait pas à appuyer sur la détente. Il fallait que je voie ça de plus près. Quand je l'avais vu avec cette arme dans les mains tout à l'heure, j'en avais eu des sueurs froides. En revanche, elle m'avait écouté et m'avait fait confiance en me la donnant.

« *Putain, je suis vraiment papa !* », réalisai-je tout à coup avec un petit sourire sur le visage.

J'en étais là de mes réflexions lorsque Maddie entra en trombe dans mon bureau. Et à voir son air sévère, je savais direct que j'étais mal barré. Ma régulière se tenait bien droite devant moi, les yeux plissés et les bras croisés sur sa poitrine.

« *Ok, je crois que c'est le moment de lui parler* », me dis-je ironique.

— Maddie ...
— Andrew, si tu ne me dis pas tout de suite ce qui se passe, je te jure que tu vas le regretter. Qu'est-ce qui s'est passé au chalet de Pappy ? C'était quoi ces coups de feu ? Est-ce que Kira va bien ?
— D'accord. Viens t'asseoir avec moi ma chérie, lui demandai-je en lui prenant la main.

Elle me suivit pour que nous nous installions face à face dans le petit coin salon de mon bureau, et attendit patiemment que je prenne la parole. Je me passai les deux mains sur le visage et inspirai à fond avant de me lancer.

— Je viens d'apprendre que je suis papa d'une jeune fille de vingt-cinq ans.

Elle écarquilla les yeux et resta un instant bouche bée. Alors je continuai.

— C'est Kira.
— La petite de Pappy ? Notre Kira ?
— Oui, lui confirmai-je en grognant d'agacement face à cette appellation.
— Mais comment ? me demanda-t-elle ébahie.

Je lui expliquai donc tout, depuis l'arrivée de Kira jusqu'à ce qui venait de se passer. Je lui parlais de la relation que j'avais eu avec Lauren quelques années avant de la rencontrer elle, des VS, de la vengeance qu'ils menaient contre nous. D'habitude nous ne parlions pas des affaires du club avec nos régulières mais vue que là ça touchait particulièrement notre famille, je n'avais pas d'autres choix que de la mettre au courant.

— Est-ce qu'elle sait que tu es son père ? me demanda- t-elle pensive, après un moment.
— Non, pas encore, j'avais l'intention d'aller la voir une fois ma colère calmée, lui déclarai-je anxieux.
— Oh chéri, ne t'inquiètes pas, je suis sûre qu'elle sera très heureuse de l'apprendre. Elle va enfin avoir une vraie famille. Même s'il lui faudra sans doute un petit temps d'adaptation.
— J'en ai conscience, approuvai-je.

Je la regardai, soulagé par son soutien et sa compréhension. C'était ma Maddie toute crachée ça : elle pouvait être dure comme le roc quand c'était nécessaire, mais devenait douce avec moi quand j'en avais besoin. Je la pris dans mes bras et l'embrassai langoureusement pour lui montrer à quel point je l'aimais. Nous nous séparâmes un moment plus tard, à bout de souffle, avec le sourire aux coins des lèvres.

— Merci de toujours être à mes côtés et de continuer à me soutenir après toutes ces années, ma chérie.
— De rien chéri, et puis c'est moi qui devrais te remercier. Grâce à toi, je vais une nouvelle fois devenir maman, et en plus, d'une jeune fille. Après Tyler, ça va me changer, me dit-elle malicieusement.

— En parlant de ça, va falloir que tu rachètes une nouvelle robe à Kira, la sienne est foutue et apparemment, ça l'a beaucoup affectée.

— Sans problème mon tout beau, elle va même avoir le droit à une garde-robe complète, mais pour l'instant direction le chalet de Pappy pour aller parler à ta fille, m'ordonna-t-elle en se levant.

J'acquiesçai et me levai pour aller rejoindre notre famille.

Lorsque nous débarquâmes au chalet, celui-ci était déjà bien rempli. Speed se dirigea directement vers moi en m'apercevant, tandis que Maddie filait déjà vers Kira.

— Alors Speed, comment va-t-elle ?

— Ça va Prèz. Elle va avoir un bel hématome sur le visage et quelques bleus sur le corps, mais sinon ça va aller. Il faut juste qu'on surveille sa tête et ses côtes à cause de ses anciennes blessures, sinon c'est bon. Et elle n'a pas ... été ... tu sais ?

— Oui je comprends. Merci Speed, lui dis-je en lui pressant une épaule avec ma main en signe de remerciement.

— Tu n'as pas à me remercier Prèz. C'est normal, elle fait partie de la famille.

Je lui donnai une tape amicale dans le dos et rejoignis toute la tribu dans le salon. Je m'installai dans le fauteuil en face de Kira qui me regardait avec insistance. Je m'aperçus rapidement qu'elle n'était pas la seule. Tous avaient les yeux braqués sur moi et non, apparemment, ils n'avaient pas la moindre intention de bouger. Lenny, Callie et Kyle les avaient même rejoints.

« Ouais, ils n'ont pas l'intention de me faciliter la tâche ».

— Qu'est-ce qu'il se passe ? m'interrogea Kira qui se triturait les mains, l'air très angoissée.
— Tout à l'heure, tu m'as demandé si on connaissait Lauren ? La réponse est oui. (Je pris une profonde inspiration avant de continuer). Elle s'appelle Lauren Miller. C'était la fille de Charlie Miller, le meilleur ami et VP de Pappy. Il a été tué il y a dix ans.

Je la vis déglutir avec difficultés mais je continuai sur ma lancée.

— J'ai eu une longue relation avec elle avant qu'elle ne disparaisse du jour au lendemain sans explications. C'était il y a un peu plus de vingt-cinq ans.

Elle écarquilla les yeux en grand et mit une main devant sa bouche en comprenant ce que je lui expliquais. Puis, elle reposa doucement sa main sur ses genoux.

— Est- ce que ... est-ce que tu es ... mon papa ? me demanda-t-elle difficilement dans un chuchotement à peine audible, des larmes pleins les yeux.
— Oui Kira. Je suis bien ton père. J'en ai eu la confirmation tout à l'heure.
— Oh mon Dieu, chuchota-t-elle. J'ai toujours ...

voulu ... savoir si ... j'avais une ... famille mais je ne ... pensais pas ... la trouver ... un jour.

— Maintenant tu en as vraiment une et une très grande en plus, lui dit Maddie gentiment. Tu as Drew et moi bien sûr, mais tu as aussi Pappy, qui pour le coup est vraiment ton grand-père. Il y a Lenny, ton oncle, Callie, ta tante, et Kyle qui est ton cousin. Et Tyler puisqu'il est comme un fils pour nous. Mais en plus de nous tous, tu as le club, ils seront une famille pour toi également.

Elle hocha la tête et nous regarda les uns après les autres ne sachant plus quoi dire.

— Je ne sais pas quoi dire. Ça fait beaucoup. Je n'ai jamais ... Je ne sais pas ... ce que c'est, nous dit-elle laborieusement.

Elle enfouit son visage entre ses mains, les coudes sur ses genoux, pour pleurer doucement. Pappy qui était à côté d'elle, lui frotta doucement le dos pour la réconforter alors qu'elle se pressait naturellement contre lui, certainement dû aussi à son épuisement. Il était vrai que ça faisait beaucoup en une journée. Je décidai donc qu'il était temps de la laisser se reposer un peu et de digérer tout ça.

— Je pense qu'on devrait te laisser te reposer un peu. Tu as vécu pas mal de choses aujourd'hui. Donc à part Pappy et Tyler, on va y aller. On repassera demain. Ok, ma puce ?

— Oui, merci encore, me dit-elle en me regardant avec un grand sourire, les larmes coulants encore sur ses joues.

Toutefois, les autres en décidèrent autrement puisque la conversation sérieuse que nous avions, changea du tout au tout.

— Moi aussi je m'installe chez Pappy, nous informa Kyle.

— Et pourquoi tu resterais là toi ? lui demanda Tyler en fronçant les sourcils.

— Bah, c'est ma cousine, crétin, elle a besoin de moi, lui répondit-il comme si c'était une évidence.

— Elle n'a pas besoin de toi puisque je suis là, lui répondit Tyler irrité.

— De toute façon, je m'occupe d'elle donc elle n'a pas besoin de vous deux, rétorqua Pappy dans un grognement en s'y mettant aussi.

— Bien sûr qu'elle veut que je reste, lui répondirent Tyler et Kyle en même temps.

— On pourrait lui faire un bon petit dîner. Ça lui ferait du bien, intervint Maddie.

— Mais je sais cuisiner. C'est moi qui lui fais à manger tous les jours, attaqua Pappy.

— Oui, mais on pourrait la chouchouter un peu nous aussi, ajouta Callie avec une moue boudeuse, en se mêlant à la conversation elle aussi. C'est toujours toi qui t'occupes d'elle.

Je n'en croyais pas mes oreilles et pouffai dans ma barbe en les voyant tous se chamailler comme des gosses. Leurs chamailleries prenaient de plus en plus d'ampleur et devinrent vite un bordel sans nom. Kira se mit à rire de la situation surréaliste qui se déroulait devant ses yeux, alors que je me tournai vers Lenny qui se bidonnait lui aussi, plié en deux. Je secouai la tête et soupirai avec un grand sourire aux lèvres. Et ouais, c'était ça notre famille. On était peut-être tous un peu timbré mais on était tous soudé. Rien ne pourrait changer ça.

Chapitre 9

Kira

Debout devant le grand miroir de ma chambre, j'observai mon reflet avec attention. Ce que j'y vis me plaisait de plus en plus. J'avais repris le poids qui me manquait, mes joues étaient roses, tandis que j'avais masqué le reste d'hématomes de mon visage, et j'avais lâché mes longs cheveux noirs ondulés, qui me descendaient presque jusqu'à la taille. Mes jambes étaient mises en valeur dans un jean skinny noir, et ma poitrine était parfaitement moulée dans un top bordeaux, et par-dessus j'avais enfilé une veste en cuir de la même couleur. C'était assez étrange de me voir avec ce genre de vêtements vu que j'avais toujours tout fait pour cacher mon corps avec des choses beaucoup plus larges.

Quelques jours après l'incident avec Vince, les filles, Maddie, Callie et Andréa, avaient décidé de me relooker entièrement. Elles m'avaient dit que je commençais une nouvelle vie et qu'il était temps pour moi de changer certaines choses, en commençant par mes vêtements. Elles avaient joué à la poupée avec moi, en m'habillant, me coiffant. J'avais même eu le droit à l'épilation et la manucure. C'était très gênant et ça les avaient beaucoup amusées, les traîtresses.

La semaine qui venait de s'écouler, depuis les événements, avait été riche en émotions. Chez Pappy on se croyait le plus souvent dans une cour de récréation depuis que Tyler et Kyle avaient emménagé. Heureusement qu'ils travaillaient la journée dans leur salon et qu'ils partaient parfois le soir à tour de rôle, pour les affaires du club. Parce que dès qu'ils étaient ensemble tous les deux, c'était pour se chamailler comme des gamins, ce qui ne manquait pas de faire beaucoup grogner Pappy. Il me semblait que je n'avais jamais autant rit de toute ma vie.

Mon père m'avait autorisé à sortir du chalet, toujours accompagnée pour l'instant, par mesure de sécurité. Il m'avait fait visiter son club et expliqué son fonctionnement. Nous nous voyons aussi souvent que possible tous les deux. Nos liens se développaient un peu plus chaque jour. La situation était un peu étrange, il était évident que nous avions tous les deux besoins d'un peu de temps pour nous apprivoiser. Je l'appelais souvent mon papa ours, ce qui le faisait grogner et me faisait beaucoup rire par la même occasion. Cependant, je ne savais pas ce qu'il en était des VS, Lauren ou encore de Vince. J'avais essayé de lui poser des questions mais il était resté muet comme une tombe. Il m'avait juste dit que je n'avais plus à me préoccuper de tout ça et que les affaires du club restaient les affaires du club.

« *Mon père. Oui j'ai enfin un père !* », me dis-je tellement heureuse d'être enfin près de lui.

Aujourd'hui, nous nous préparions pour faire une virée en Harley pour aller pique-niquer près d'un grand lac, à quelques kilomètres d'ici. J'avais hâte, ça faisait un moment que je n'étais pas montée sur une moto. Ça m'avait tellement manquée. Mais j'appréhendais un peu aussi. Il était prévu que je monte derrière Tyler et ça m'angoissais un peu. Il fallait dire que depuis qu'il vivait avec nous, il n'était plus le même. J'avais l'impression qu'il avait mis des barrières entre nous. Il ne me parlait quasiment pas et faisait toujours attention de ne jamais trop m'approcher. Je ne savais pas pourquoi il m'attirait autant et ça me rendait encore plus triste qu'il se comporte ainsi.

« *Moi qui ne supportais pas les contacts, j'en venais à lui en vouloir de ne pas m'approcher. N'importe quoi !* », me dis-je en soufflant d'un air dépité.

Je sortis de mes rêveries lorsque Pappy m'appela pour me dire qu'il était l'heure de partir. Je m'empressai de le rejoindre pour aller retrouver les autres sur le parking, où plusieurs moteurs ronronnaient déjà. Je cherchai rapidement Tyler du regard, mais un éclair de jalousie me foudroya quand je le surpris à parler avec une des brebis, qui était bien trop collée à lui et pas assez vêtue à mon goût. Maddie et Callie m'avaient parlé de ses filles qu'on appelait des brebis et qui offraient leur corps aux gars du club. Ça ne m'avait pas choqué puisque qu'ils y en avaient aussi chez les VS. Chacun faisait ce qu'il voulait, ça ne me regardait pas, même si je trouvais ça un peu dégradant.

Mais là, elle touchait à Tyler ce qui me faisait voir rouge. D'ailleurs, il dut sentir que je le regardais puisqu'il tourna la tête vers moi. Il resta un moment à m'observer de la tête aux pieds, les yeux écarquillés, puis se détacha de sa sangsue pour se diriger vers moi, avec un petit sourire sexy aux lèvres.

« Oh là là là, arrête de le regarder comme ça, on dirait que tu vas le bouffer ! », m'engueulai-je moi-même.

— Tu es prête à partir Kira ? me demanda-t-il en s'approchant de moi.
— Oui, lui soufflai-je.
— Tu es très jolie habillée comme ça, me dit-il l'air gêné, en se passant une main sur sa nuque.
— Merci.
— D'accord. On y va, m'annonça-t-il en se raclant la gorge.

Je le suivis jusqu'à sa moto. Il l'enfourcha avant de me tendre un casque.

— Tu es déjà montée sur une moto ?

Je hochai simplement la tête pour lui confirmer que oui.

« S'il savait que je n'ai pas fait que monter dessus et que j'en conduis depuis longtemps », me dis-je en me marrant intérieurement.

Je mis mon casque et n'attendis pas pour grimper derrière lui. Je passai mes petits bras hésitants autour de sa taille massive et resserrai un peu ma prise pour rapprocher mon corps du sien. Je sentis sa respiration se bloquer un instant avant de reprendre une vive inspiration. Il démarra et alla se placer entre deux motos, juste derrière mon père et Maddie. À gauche de nous, je vis Callie avec Lenny, et à droite Kyle avec une des brebis, Kayla il me semblait. Je les avais souvent vu ensemble ces deux-là. Le convoi démarra et je profitais à fond du trajet et de cette sensation de pure liberté. Il nous fallut moins d'une heure pour arriver à destination. J'étais un peu déçue, j'aurais voulu que ça ne s'arrête jamais. Mais quand je regardai autour de moi, après avoir mis pieds à terre et posé mon casque sur la selle, je fus époustouflée par le cadre magnifique où on se trouvait. Nous étions dans un grand parc avec un lac magnifique. Je sortis néanmoins de mon observation en voyant Tyler s'éloigner sans un mot. Je grimaçai et décidai d'aller aider les filles à mettre tout en place. Des petits groupes s'étaient formés, tandis qu'ils discutaient et riaient ensemble. Certains s'étaient assis sur des rondins de bois, d'autres par terre sur une couverture ou directement sur l'herbe.

J'étais en train de me servir à manger avec Andréa, quand quelqu'un me bouscula violemment d'un coup d'épaule. Je me retournai pour voir de qui il s'agissait, en lâchant mon assiette qui s'écrasa sur le sol. C'était la brebis qui discutait avec Tyler ce matin. Elle me dévisagea avec un air mauvais.

— Alors c'est toi la nouvelle ? La PETITE dont tout le monde parlent ? me demanda-t-elle.
— Dégage Ophia, tu n'as rien à faire là, lui dit méchamment Andréa.
— J'ai plus ma place ici qu'elle. Tu n'es pas d'accord Petite ? me demanda-t-elle avec du

mépris dans la voix.

— Ça suffit Ophia, intervint de nouveau Andréa.

— Bah quoi ? Elle ne peut pas se défendre toute seule ? À non, j'oubliais qu'elle ne sait pas parler, se moqua-t-elle en riant.

— Ophia ! s'exclama aussitôt Andréa, choquée.

— Ça doit être horrible pour le mec qui te baise de ne pas entendre tes gémissements et tes cris de plaisirs. Oh mais que je suis bête, j'avais oublié que ça non plus tu ne peux pas faire, puisque personne ne peut te toucher, continua-t-elle avec un sourire victorieux.

J'étais dans une colère noire face à autant de méchanceté. Je n'eus pas le temps de réfléchir à mon geste que je lui décochai déjà un magistral crochet du droit en plein visage, ce qui la fit tomber à terre comme une merde. Elle hurla de douleur en se tenant le nez qui pissait le sang maintenant. J'entendis des exclamations de surprise autour de moi et des pas se précipiter vers nous, mais je ne la lâchai pas du regard en me redressant de toute ma petite taille, les poings toujours serrés à m'en faire mal.

« *Bah ouais connasse, j'ai peut-être du mal à parler mais je peux encore t'éclater ta face !* »

— Qu'est-ce que c'est que ce bordel ? tonna la voix de mon père.

— Ophia a dépassé les bornes et je crois que Kira vient de lui péter le nez, raconta Andréa avec fierté, un grand sourire aux lèvres.

— Elle m'a frappé, geignit celle-ci en se relevant maladroitement.

— C'est ta faute, tu n'avais pas à la faire chier, intervint Maddie tout sourire, elle aussi.

— D'accord. Ophia, dégages. On en reparlera plus tard, lui ordonna mon père d'un air menaçant avant de se tourner vers le groupe de personne qui nous entourait. Allez circulez, il n'y a plus rien à voir.

Andréa me tendit une autre assiette qu'elle venait de me préparer. Je la pris en la remerciant.

— Bien joué ma chérie, tu as sacrément bien visé, me félicita Maddie à l'oreille avant de m'entraîner avec elle.

La journée reprit son cours comme si de rien était tandis que je m'installais avec les femmes pour manger. Au cours de la conversation, je ressentis des picotements sur ma nuque en ayant l'impression d'être observée. Je regardai automatiquement autour de moi et tombai sur le regard de Tyler qui me fixait avec insistance. Je détournai rapidement les yeux pour rompre ce contact qui me donnait soudain très chaud et qui éveillait un brusque désir en moi. Je me trémoussai sur moi-même, mal à l'aise. Je devais être rouge comme une tomate parce que les filles me demandèrent si j'allais bien. Du coup, j'essayai de m'intéresser à leur discussion et de ne plus me retourner vers lui.

Après le repas, certains s'accordèrent une sieste, pendant que d'autres allaient se baigner pour se rafraîchir et s'amusaient comme des gosses dans l'eau. Moi, je restai assise là à les observer le sourire aux lèvres, fascinée et l'air rêveur. Je sursautai une nouvelle fois quand mon père vint s'installer près de moi, sur ma couverture.

— Bah alors ma puce, qu'est-ce que tu fais toute seule ?

— J'apprécie ce que j'ai sous les yeux, lui soufflai-je en le regardant.

— C'est notre famille, TA famille maintenant, me dit-il en mettant son bras autour de mes épaules.

— Je ne sais pas comment te remercier pour m'avoir offert tout ça et de m'autoriser à rester auprès de toi, lui déclarai-je en posant ma tête sur son épaule.

— Tu n'as pas à me remercier ma puce, tu as ta place parmi nous. Et tu l'auras toujours quoi qu'il arrive, m'annonça-t-il très sérieusement. Mon seul regret c'est de ne pas avoir su plus tôt que tu existais et d'avoir perdu toutes ses années sans toi. J'aurais remué ciel et terre pour te retrouver si j'avais été au courant de ton existence.

— Merci. Je t'aime papa, lui confiai-je les larmes aux yeux, émue par sa déclaration.

— Moi aussi ma puce, me répondit-il en embrassant ma tempe.

— C'est quoi ces cachotteries que vous nous faites ? demanda soudain Maddie, en s'approchant de nous en souriant.

— Une discussion père-fille, lui répondit-il, tout fier.

— Vous êtes très beaux tous les deux comme ça, nous dit-elle émue.

— Bon, je crois que je vais rejoindre les gars, vous commencez à me faire flipper à me regarder de cette manière, nous annonça mon père en se levant et en s''éloignant rapidement le sourire aux lèvres.

Maddie et moi explosâmes de rire en nous regardant.

— Ah ces hommes, des gros durs au cœur tendre, me dit-elle en soupirant. Bon allez, on va remballer. C'est bientôt l'heure de partir.

Je me levai à regret pour aider au rangement avec les filles.

Une heure plus tard, nous étions sur le départ et je me retrouvai de nouveau derrière Tyler pour le retour. Cependant, pas une seule parole fut échangée. Le trajet était rapide et je soufflai de soulagement lorsque nous passâmes les portes du club. Je bondis de sa moto dès qu'il l'immobilisa et ne l'attendis pas pour repartir vers le chalet de Pappy, le cœur serré par son comportement.

Chapitre 10

Tyler

Je me trouvais dans la chambre de Kira, assis sur son lit à l'attendre. Depuis que Vince l'avait agressé, j'essayais de mettre des distances entre nous. Elle n'avait pas besoin d'un connard comme moi dans sa vie, enfin j'essayais de m'en convaincre. Elle en avait assez bavé. Le trajet pour notre virée au lac n'avait pas été évident. Déjà qu'en elle était apparue ce matin dans ses nouveaux vêtements et ses longs cheveux détachés, j'avais complètement beugué. Elle était juste magnifique, mais quand elle s'était collée contre moi sur ma bécane, j'avais frisé le court-circuit. Il m'avait fallu une bonne inspiration pour calmer le désir irrationnel qu'elle avait déclenché en moi, quand son corps tout chaud s'était collé contre le mien. La journée aurait pu être parfaite si Ophia ne s'en était pas prise à elle. Et bordel, j'allais intervenir quand Kira lui avait décroché cette droite monumentale. Je m'étais immédiatement senti à l'étroit dans mon jean, tellement je bandais dur. J'avais tout fait pour le cacher à mes frères pour éviter qu'ils me chambrent. Après ça,

◊ 95 ◊

je ne l'avais plus quitté du regard de l'après-midi. Mais il était clair que j'avais merdé au retour, et je l'avais blessé sans le vouloir. J'étais tellement concentré à essayer de contrôler mon violent désir pour elle et mes pulsions sexuelles, que je ne m'étais même pas aperçu que je ne lui avais pas adressé une seule fois la parole. C'était à notre retour, lorsque on était arrivé au club, qu'elle avait sauté de ma bécane en s'éloignant sans un mot, que j'avais compris que j'avais fait une connerie.

Alors, j'étais là, comme un con, assis sur son lit à l'attendre pour m'excuser d'être un crétin. Je regardai autour de moi, comme pour m'imprégner de son espace et de sa douce odeur. Les femmes l'avaient aidé pour aménager sa chambre pour qu'elle s'y sente vraiment chez elle, et c'était vraiment réussi. Elle s'était créé un petit cocon chaleureux et accueillant. Mais pour ma part, je fus tout de suite attiré par tous les dessins accrochés sur les murs. Il y en avait beaucoup et ils étaient vraiment magnifique. Je savais qu'elle aimait souvent dessiner, mais je ne savais pas qu'elle avait autant de talent. Mon regard se posa sur une pile de carnets qui se trouvait sur son bureau. Je me levai et me dirigeai vers celui-ci. J'attrapai le premier carnet et le feuilletai. Je fus immédiatement choqué par le réalisme de ses œuvres. On avait l'impression que chacun de ses dessins était animé et avait sa propre âme. En continuant à étudier ses carnets, une idée me vint à l'esprit. Il fallait absolument que j'en parle à Kyle et au Prèz. Je me dépêchai de tout reposer et de me rasseoir sur le lit quand j'entendis une porte s'ouvrir. Je la vis entrer dans la pièce, alors qu'elle ne portait qu'une fine nuisette, les cheveux relevés en un chignon flou.

« *Et merde, je n'avais pas pensé à ça. Pense à autre chose, penses à autre chose* », essayai-je de me dire pour me détourner de cette vision plus qu'alléchante.

Elle poussa un petit hoquet de surprise en me voyant là, et se mit rapidement à rougir de la poitrine jusqu'à la racine des cheveux. Je n'y pouvais rien mais je trouvais ça trop sexy pour mon bien.

« *Fais tes excuses et barres-toi* », m'ordonnai-je.

— Salut, désolé je ne voulais pas te faire peur.
— Salut, me souffla-t-elle.
— Je voulais juste m'excuser de ma façon de me comporter avec toi, lui dis-je rapidement.

Elle réfléchit un instant et pencha sa tête sur le côté en me regardant droit dans les yeux.

— Est-ce que j'ai fait quelque chose de mal ? me demanda-t-elle incertaine.
— Bien sûr que non. Tu n'as rien fait. C'est moi, c'est ma faute, lui expliquai-je un peu trop brusquement, la faisant sursauter.
— D'accord, me dit-elle surprise.
— Bon, je dois y aller. On se voit demain, lui débitai-je en m'enfuyant littéralement de sa chambre.

Cependant, je croisai Pappy dans le salon avant de pouvoir sortir du chalet. Il m'interpela sur le pas de la porte.

— Si tu lui fais du mal, je te coupe les couilles, gamin, me menaça-t-il en grognant.

— C'est bien la dernière chose que je souhaite Pappy. Je fais tout ce que je peux pour me tenir éloigné d'elle, mais putain je n'y arrive pas ! lâchai-je, dépité qu'il ait deviné ce qui se passait.

— Alors arrête de jouer au con et d'essayer de repousser ce qu'il y a entre vous. Avance pas à pas avec elle, fiston.

— Je ne pense pas que le Prèz le prenne aussi bien que toi, lui dis-je septique.

— Drew vous aime tous les deux, il fera avec. Mais c'est clair que tu n'as pas intérêt à foirer.

— Ok. Je dois passer au club-house Pappy, tu peux garder un œil sur Kira ? lui demandai-je pour couper court à cette conversation surréaliste.

— Tu n'as pas besoin de demander gamin, je veille toujours sur elle, me répondit-il en me regardant d'un air menaçant.

Bon, de toute évidence, j'avais bien compris le message. Je hochai la tête et m'enfuis pour la deuxième fois de la soirée.

Je rejoignis rapidement le bar du club-house. Je cherchais Kyle du regard, quand Ophia m'intercepta en se collant contre moi. Je la repoussai aussitôt en la prenant par les bras, ce qui n'était évidemment pas à son goût. À ce moment-là, quand je la regardai vraiment, je ne compris pas ce qui m'avait attiré chez elle. Elle était tellement superficielle, tout était trop, sa poitrine, ses vêtements, son visage trop maquillé et le bleu énorme qu'elle avait en plein milieux, avec le pansement, n'y arrangeait rien. Kira ne l'avait pas loupé.

> — C'est à cause de cette connasse que tu me repousses ? me demanda-t-elle dédaigneuse.
> — Je t'interdis de parler d'elle de cette manière, Ophia. Et un conseil, tiens-toi loin d'elle ou tu pourrais le regretter, la menaçai-je en accentuant la pression sur ses bras à lui en faire mal.

Elle se tassa sur elle-même ayant bien pris conscience de la menace. Je la relâchai d'un coup sec, tandis qu'elle ne s'attarda pas et fila aussi loin que possible de moi.

> — Tu lui as brisé le cœur mon frère, se marra Kyle.
> — Ouais, je n'avais pas conscience qu'elle en avait un, lui répondis-je énervé.
> — Ça y est, tu as réussi à te décoller de ma cousine ? me demanda-t-il avec son sourire de sale gosse.
> — Très drôle. Mais, je te cherchais justement pour te parler d'elle.
> — À l'amour. Tu veux quoi, ma bénédiction ? me dit-il en éclatant de rire.
> — Ta gueule et écoute-moi, lui dis-je, agacé que tout le monde arrive à me percer à jour aussi facilement en ce moment.

Je n'attendis pas qu'il réplique et j'enchaînai tout de suite en lui exposant l'idée que j'avais eu tout à l'heure. Il m'écouta attentivement et acquiesça avec un grand sourire. Nous décidâmes d'aller en parler immédiatement au Prèz qui se trouvait encore dans son bureau avec Lenny.

— Y'a un problème les mômes, nous demanda tout de suite Lenny, lorsqu'il nous vit entrer, après qu'on y soit invité.

— Non, rien de grave. On voulait te parler de Kira, Prèz., lui dis-je.

— Qu'est-ce qui se passe avec ma fille ? nous demanda Andrew sur le qui-vive.

— En fait, Tyler a eu une super idée la concernant, répondit Kyle avec un grand sourire.

— Ah oui, vraiment ? nous demanda-t-il suspicieux à présent.

— Oui. Elle commence à bien s'adapter à sa vie avec nous, mais je pense qu'elle commence à s'ennuyer, expliquai-je. Je me suis dit que ce serait bien qu'elle fasse quelque chose qu'elle aime, mais de manière professionnelle.

— Vas-y continu ton raisonnement, à quoi as-tu pensé ? me demanda-t-il concentré sur mes réflexions.

— Elle a vraiment un grand talent pour le dessin. Et après en avoir parlé avec Kyle, on s'est dit que ça l'intéresserait peut-être de venir bosser avec nous au salon.

— L'avantage, c'est qu'elle ne sera jamais seule. Elle fera toujours les trajets avec l'un de nous. Elle pourra s'épanouir en faisant ce qu'elle aime et en plus elle sera payée pour le faire, continua Kyle.

— C'est vrai qu'on n'y avait pas pensé, intervint Lenny, l'air pensif. Ça serait vraiment bien pour elle d'avoir une activité.

— Vous avez sans doute raison. Je sais qu'elle

dessine à longueur de journée, elle adore ça. Elle m'a même dit qu'elle avait obtenu un diplôme universitaire dans ce domaine, nous informa le Prèz en se frottant la barbe en pleine réflexion.

— Ça ne m'étonne pas, ses dessins sont vraiment magnifiques, lui confirmai-je.

— D'accord. Si ça intéresse Kira, je n'ai aucune objection. Mais que les choses soient claires, vous deux, vous ne la lâcherez pas d'une semelle, nous ordonna-t-il en nous montrant du doigt tour à tour, les yeux plissés en guise d'avertissement.

— Pas de soucis Prèz, confirmai-je en chœur en même temps que Kyle.

— Parfait. Filez maintenant.

Andrew

Je regardai les gamins sortirent de mon bureau.

— Tu es au courant que Tyler en pince pour notre

petite Kira, n'est-ce pas ? me demanda Lenny avec un sourire en coin.

— Ouais j'avais bien compris.

— Et ? Tu comptes faire quoi ?

— Je ne sais pas, soufflai-je en me passant une main sur le visage. Je ne veux pas qu'elle souffre mais c'est à eux de voir où ça les mène.

— Ne me dis pas que ça ne te fait rien, je te connais mieux que personne Drew.

— C'est vrai. J'avoue que j'ai un peu de mal à encaisser. Je viens de la rencontrer, on nous a volé tellement d'années. J'ai raté tellement de choses. Je ne veux pas la perdre, c'est tout.

— Tu ne la perdras pas Drew. Elle t'aime, et pour elle aussi ça doit être dur d'avoir vécu toutes ses années sans toi, me rassura Lenny en posant une main sur mon épaule, en guise de soutien.

— Je sais. Mais il ne faut pas non plus oublier qu'on a une menace au-dessus de notre tête. Et de ce côté-là, on ne peut pas dire qu'on avance beaucoup, lui dis-je en colère.

— On va s'en sortir mon frère. Daryl a repéré l'espionne dans son club grâce aux indications de Vince. Tout le monde a les yeux et les oreilles grands ouverts, me rappela-t-il.

— Oui, mais ce qui m'inquiète le plus c'est la disparition de Lauren. Même Jasper et Andy, le geek de Daryl n'arrivent pas à la repérer. On peut dire qu'elle est vraiment douée pour disparaître. Et ça, ça me maintient dans un état d'alerte maximal.

— Je suis d'accord avec ça. Si elle est aussi tordue

qu'on le pense, elle pourrait tenter n'importe quoi.

— C'est exactement ça. Ça craint, lâchai-je en soufflant.

— On reste en alerte et on en reparlera aux gars à la prochaine messe, me confirma-t-il.

— Allez, il est temps d'aller retrouver nos petites femmes mon frère, lui annonçai-je en me levant de mon fauteuil. Et concernant Tyler, je crois que je vais lui refaire le portrait et lui arracher la tête s'il s'avise de jouer au con, lui dis-je avec un grand sourire, ce qui le fit pouffer aussitôt.

Nous sortîmes de mon bureau et nous dirigeâmes en silence vers nos chalets respectifs. Je me demandai ce qui allait encore nous tomber sur la tête mais une chose était sûre, nous défendrons les nôtres coûte que coûte, comme toujours.

Chapitre 11

Kira

Déjà une semaine que je travaillais au salon de tatouage de Tyler et Kyle. Je ne m'étais jamais sentie aussi bien de toute ma vie. Je n'en n'étais pas revenue quand ils m'avaient fait cette proposition, même si j'avais tout de même eu un moment d'hésitation. Mon père et Maddie avaient été adorable et m'avaient conseillé d'essayer. Et ils avaient eu raison de m'encourager. Je me sentais à ma place avec les garçons. Nous avions tout de suite trouvé notre rythme tous les trois. J'esquissais des ébauches pendant que le client expliquait ce qu'il souhaitait. La plupart du temps j'étais avec Tyler qui s'occupait des tatouages les plus complexes. Kyle tatouait également mais il se spécialisait surtout dans le perçage pour les piercings. J'étais heureuse de pouvoir faire de mon art un véritable métier. Bien sûr, j'avais eu un peu peur au début, le fait de me retrouver avec d'autres personnes, ça m'angoissait. Mais les garçons ne me laissent jamais seule et parlaient tout le temps à ma place donc ça me convenait. Le seul bémol, c'était que Tyler était tout le temps en train de me regarder et j'avouais que parfois j'avais beaucoup de mal à me concentrer, surtout quand il me lançait ses petits sourires hyper sexy. À chaque fois, ça me donnait envie de lui dévorer la bouche.

« Oh mon Dieu, il faut que j'arrête de penser à lui, je vais encore rougir comme une gamine », me dis-je exaspérée.

D'ailleurs quand on parlait du loup, Tyler s'adossa au chambranle de ma porte, les bras croisés sur son torse musclé, son éternel petit sourire en coin, son jean le moulant à la perfection et ses biceps tatoués qui étaient juste ...

« Oh merde, je crois que c'est mort, je suis grillée et en plus je le reluque comme si j'allais le bouffer », m'engueulai-je.

— Ce que tu vois te plaît mini-pousse ? me demanda-t-il avec un grand sourire.

Et voilà pas manqué, et en plus comme une idiote je hochai la tête pour confirmer. Automatiquement, je devins rouge comme une tomate. Et ce surnom, je savais que je n'étais pas grande, mais quand même. Depuis que je bossais avec eux, les garçons m'appelaient toujours ainsi. Je sortis de mes pensées quand Tyler éclata de rire.

— Sinon, tu comptes faire des heures sup ?

Je fronçai les sourcils et regardai ma montre. Mince l'heure de fermeture était déjà dépassée et on faisait un barbecue au club ce soir. Je me dépêchai de ranger mon matériel et me levai pour le rejoindre. Mais arrivée devant lui, il ne bougea pas. Je relevai la tête pour le regarder dans les yeux, il était tellement grand comparé à moi. Et là, quand mes yeux rencontrèrent les siens, je fus hypnotisée. Je n'entendis plus rien ni personne autour de nous, il n'y avait plus que nous deux. Il posa sa grande main sur ma joue et me caressa doucement la mâchoire avec son pouce. À cet instant, et pour la première fois de ma vie, je ne voulais qu'une chose : qu'il m'embrasse. Et pour mon plus grand bonheur, il le fit. Il approcha sa bouche de la mienne, tout en continuant à me regarder, me laissant le choix de me dérober à tout moment. Ne bougeant pas, il pressa tendrement ses lèvres chaudes contre les miennes. Son baiser était doux et lent, sa langue caressa ma lèvre inférieure pour me demander la permission d'entrer, ce que je lui accordai sans réserve. Notre baiser était intense. Nous nous séparâmes un instant plus tard, à bout de souffle. Il posa son front contre le mien pour faire durer cette parenthèse. J'espérais que mon inexpérience ne l'avait pas déçu. En tout cas pour moi, cette véritable première fois me donna des papillons dans le ventre. J'avais l'impression d'avoir le corps en feu et que son contact me manquait déjà. Nous sursautâmes de concert lorsque Kyle nous appela, mais nous ne bougeâmes pas, malgré tout.

> — J'avais tellement envie de goûter tes lèvres ma belle. J'essaye de résister depuis la première fois que je t'ai vue. Mais je n'en peux plus, ce qu'il y a entre nous, je ne veux plus le combattre, me confessa-t-il à voix basse.

Je le regardai bouche bée, les yeux écarquillés de surprise face à cette déclaration inattendue.

— Dis-moi ce que tu veux Kira. Ça me tue de ne pas savoir ce que tu ressens, me demanda-t-il dans une supplication.

— J'aimerais beaucoup, mais je ne sais pas si ... je vais en être capable, lui chuchotai-je en baissant la tête, déçue de ne pas être normale.

Il plaça ses mains de chaque côté de mon visage et le releva pour que je le regarde de nouveau dans les yeux. Il dut lire toutes mes incertitudes dans mon regard parce qu'il essaya immédiatement de m'apaiser.

— Eh, un pas à la fois ma belle, on ira à ton rythme. Je prendrai tout ce que tu voudras bien me donner. D'accord ?

— Oui d'accord. Mais si je n'y arrive pas ? m'inquiétai-je.

— On y arrivera ensemble. Ça prendra le temps qu'il faudra, me dit-il confiant.

— Bah alors, vous foutez quoi tous les deux ? On va être en retard, s'exclama Kyle en débarquant.

— C'est bon on est prêt, on peut y aller, lui répondit tout de suite Tyler en me relâchant et me laissant passer pour sortir.

Nous sortîmes du salon et je grimpai sur la moto de Tyler pour me lover contre lui, un immense sourire aux lèvres. Ce moment était magique et me redonnait de l'espoir. Je n'avais jamais eu de relations amoureuses, mais j'avais cette impression qu'avec Tyler tout est enfin possible, et que j'avais ma place près de lui.

Le trajet fut trop court à mon goût mais nous arrivions juste à temps pour le début des festivités.

Tyler ne se posa pas de question et me prit automatiquement par la main pour m'entraîner avec lui, pour rejoindre les autres.

Nous étions tous dehors près du parking du club-house, où se trouvait plusieurs tables de pique-nique. Je me tenais un peu à l'écart avec Maddie, Callie et Andréa qui m'avaient kidnappé pour me poser des questions sur ma relation avec Tyler. Je ne savais plus où me mettre. Puis, je tournai instinctivement la tête vers la route quand quelque chose attira mon attention, sans doute grâce à mes réflexes acquis après mes années de fuite. Lorsque je compris ce qu'il se passait, je réagis immédiatement en poussant mes amies et en hurlant : « À TERRE !!! », aussi fort que je le pus. Des voitures s'étaient arrêtées en plein milieux de la route et des hommes en descendaient pour se mettre derrière en ouvrant le feu. Des déflagrations se firent entendre tout autour de nous. Je vis les hommes se baisser et sortir leurs armes pour riposter. Je poussai Maddie en lui montrant le bar à quelques mètres de nous. Elle comprit tout de suite et entraîna les filles avec elle, tout en rampant. Je les suivis de près. Nous voyant faire, les brebis nous rejoignirent et je les laissai passer devant moi, pour les faire enter elles-aussi dans le bar. J'allais faire de même quand je me retournai pour voir où se trouvait Tyler. Ce que je découvris me glaça le sang. Il était allongé sur le sol derrière une moto, seul et bien trop près des hommes qui nous canardaient. Il pressait sa main contre son épaule et son visage exprimait de la douleur. Je ne réfléchis pas et me lançai dans sa direction. Je rampai d'obstacle en obstacle pour me protéger et ne pas trop me faire remarquer. Comme quoi ma petite taille pouvait me servir finalement. Au dernier arrêt que je fis, je me trouvais à une dizaine de mètres de lui, mais il n'y avait plus rien pour me protéger sur cette partie. J'inspirai profondément, et attendis le bon moment pour foncer jusqu'à lui. Une balle me frôla en m'égratignant le bras, mais je ne m'en préoccupai pas. Arrivée à destination, je plongeai par terre, et m'affalai sur Tyler. Je relevai la tête pour voir dans quel état il était, alors que du sang coulait entre les doigts de sa main qui recouvrait sa blessure. Il était bien touché à l'épaule, néanmoins, il était bien conscient puisqu'il commença même à m'engueuler.

— Putain, mais qu'est-ce que tu fous là ?
— J'ai besoin d'un flingue. Passe-moi le tien, lui ordonnai-je d'une voix ferme.
— Quoi ?

Il releva rapidement la tête vers moi pour me dévisager, ahuri. Je ne savais pas s'il était surpris parce que je lui demandais une arme ou si c'était parce qu'il venait d'entendre ma vraie voix, et pas de chuchotements cette fois. J'étais en mission, je n'étais plus la petite Kira vulnérable, la guerrière en moi sortait pour défendre les siens.

— Passe-moi ton arme, grognai-je sur un ton pressé.
— Mais ...
— Il n'y a pas de mais. Fermes-là et obéis, lui ordonnai-je fermement.
— Bordel ...

Il me tendit machinalement son arme, même si je

voyais bien que c'était à contrecœur. Je la pris et me plaçai correctement, tout en restant sur lui, pour avoir un meilleur angle de tire, tout en restant un maximum à l'abri. J'observai attentivement nos ennemis en face de nous. Une première ouverture s'offrit à moi, un des hommes n'était pas bien placé, sa jambe dépassait de derrière la voiture. Je visai et tirai. L'homme s'écroula par terre en hurlant, à découvert, je visai la tête et tirai. Un de moins. Je n'attendis pas et visai déjà un autre homme qui ripostait. Je visai et tirai. En pleine tête, deuxième homme à terre. J'entendis Tyler lâcher une bordée de jurons et m'interpellait, mais je restai entièrement concentrée, mon souffle était bas et régulier, on verra pour les remords après. Je me repositionnai, une autre ouverture, je visai, tirai, troisième homme à terre, tandis que les gars en face s'activaient déjà pour se replier. Je n'hésitai pas et touchai encore deux autres hommes qui s'écroulèrent au sol, avant que leurs véhicules ne s'éloignent à toute vitesse. Enfin, c'était fini. Je relâchai mon souffle et m'affaissai une seconde sur le corps de Tyler.

Enfin mes esprits repris, je me redressai et me concentrai sur lui. Il avait perdu pas mal de sang, alors je lâchai enfin l'arme pour presser mes deux mains sur sa blessure, en me positionnant au-dessus de lui. Il grogna de douleur mais ce n'était pas grave, il fallait arrêter les saignements. L'adrénaline redescendit d'un coup et mon corps se mit à trembler, alors que la peur de le perdre que j'avais mise de côté jusque-là, refit brutalement surface. Je m'empressai d'appeler à l'aide.

— Papa, vite, j'ai besoin d'aide par ici, criai-je d'une voix tremblante.

— Je n'avais pas l'impression que tu avais besoin d'aide quand tu as abattu ces connards, grogna Tyler en grimaçant.

Je m'abstins de tout commentaire, tandis que plusieurs hommes débarquaient autour de nous dont mon père, Kyle et Démon qui s'accroupit tout de suite auprès de lui pour s'occuper de sa blessure. Je me relevai pour lui laisser ma place et mon père me prit immédiatement dans ses bras pour me serrer fort contre lui, dans une étreinte d'ours. Puis, il m'éloigna un peu pour pouvoir me regarder en face.

— Il va vraiment falloir qu'on ait une discussion, jeune fille. Je ne sais pas comment tu as fait ça, mais il est clair que tu as quelques explications à me donner, m'informa-t-il d'un ton sévère.
— Oui papa, soufflai-je en baissant la tête.
— Merci d'avoir aidé les femmes à se mettre à l'abri. Mais tu aurais dû rester avec elles. Tu m'as fait très peur tu sais, me sermonna-t-il, d'une voix radoucie.
— Désolé papa, lui dis-je en me serrant de nouveau dans ses bras. Ça va aller pour Tyler ? lui demandai-je les larmes aux yeux. Je ne veux pas le perdre, papa.
— Ne t'inquiète pas ma puce. Tu ne le perdras pas, on s'occupe de lui et c'est un dur à cuire, il en a vu d'autres. Et pour info, tu as une très jolie voix ma puce, me glissa-t-il à l'oreille avant de m'embrasser tendrement sur la tempe.

Démon qui s'était approché de nous, vint nous interrompre.

— Prèz, Tyler est KO à cause de la perte de sang mais Speed va le rafistoler et le surveiller quelques jours, le temps qu'il se remette. On l'emmène tout de suite au dispensaire, mais Kira devrait venir avec nous, elle aussi est blessée.

— Tu es blessée ? m'interrogea mon père, immédiatement alarmé.

— Ça va, ce n'est qu'une égratignure, lui affirmai-je.

— Égratignure ou pas, tu vas au dispensaire avec les garçons pour qu'on te soigne, m'ordonna-t-il. Je dois rester ici pour remettre tout en ordre, je passerais vous voir plus tard.

Je soupirai et le laissai m'embrasser une nouvelle fois sur la tempe avant de s'éloigner. Démon m'entoura doucement la taille d'un bras pour m'entraîner avec lui jusqu'au dispensaire. Je le laissai faire et m'affaissai doucement contre lui. Je me sentais épuisée tout à coup. Il devait en être conscient puisqu'il resserra un peu plus sa prise autour de moi pour mieux me soutenir. Nous avions évité le pire aujourd'hui, il n'y avait pas eu de blessés graves, juste des blessures légères.

Après que tout le monde eut été soigné, et que j'avais pu me débarbouiller et me changer, je me faufilai silencieusement dans la chambre de Tyler. Il dormait torse nu avec un grand bandage à son épaule. Je me rapprochai de lui et hésitai un petit moment avant de me hisser sur son lit pour m'allonger contre lui. La journée avait été longue et mouvementée émotionnellement. Alors, je m'autorisai quelques larmes silencieuses pour évacuer le trop plein d'émotion. La peur de perdre Tyler ou les personnes que j'aimais m'avait anéantie. C'était pour cette raison que j'avais agi, je ne supporterais pas de les perdre. Lorsque j'avais vu qu'il était blessé, j'avais cru que j'allais mourir de terreur. Il me semblait que c'était à ce moment-là que j'avais su à quel point j'aimais cet homme. Je ne savais pas encore si mes sentiments étaient réciproque ou à sens unique, ou même ce qu'il ressentait pour moi mais qu'importe, la seule chose dont j'étais sûre, c'était que je voulais expérimenter cette relation et tout découvrir avec lui, surtout avec cette forte alchimie qui existait entre nous. Je me pressai un peu plus contre lui de son côté valide, soulagée de le sentir contre moi. Enfin rassurée, il ne me fallut pas longtemps avant de sombrer dans un sommeil réparateur.

Chapitre 12

Tyler

Je me réveillai un peu déboussolé, alors que mon épaule me lançait et que je me sentais courbaturé. Je pris vite conscience d'un corps chaud contre le mien. Je tournai la tête et une douce chaleur me réchauffa de l'intérieur quand je contemplai Kira assoupie contre moi. Elle ressemblait à un ange même si elle avait l'air épuisée. Je relevai la tête lorsque j'entendis une voix basse s'adresser à moi. C'était Kyle qui se tenait assis dans un fauteuil près du lit.

— Ça y est tu as fini de faire ta marmotte ? me demanda-t-il avec un sourire en coin.
— Salut. Depuis combien de temps je suis ici ? lui demandai-je doucement pour ne pas réveiller Kira.
— Ça fait deux jours que tu fais ta princesse. C'est à cause de la perte de sang, me répondit-il en approchant du lit.

Il regarda ensuite Kira avec un sourire tendre.

— Tu sais qu'elle ne t'a pas quitté depuis que tu es ici ? Même le Prèz n'a pas eu gain de cause.

— Elle va bien ? lui demandai-je en voyant un pansement sur son bras.

— Oui, une balle l'a frôlée quand elle t'a rejoint. Mais rien de grave.

Puis, il se mit à me regarder intensément, son sourire s'estompant.

— Tu sais qu'elle t'aime n'est-ce pas ? me demanda-t-il sérieusement.

Je restai muet de surprise en le dévisageant.

— Si tu n'es pas prêt à ça, stop tout dès maintenant. Je ne veux pas qu'elle souffre.

— Ce n'est pas ce je veux. Je crois que je suis foutu depuis le premier jour où je l'ai vu. J'ai vraiment essayé de m'éloigner d'elle, mais je n'y arrive pas. J'ai besoin d'elle, lui dis-je pour le convaincre de ma sincérité. Je l'ai embrassé. Je ne le fais jamais.

Il me regarda avec des yeux écarquillés de surprise et hocha la tête pour me faire comprendre qu'il comprenait.

— Et sinon, des nouvelles sur qui nous a attaqué ? lui demandai-je pour changer de sujet. Il y a eu d'autres blessés ?

— Juste des petits bobos. Et on sait que c'étaient des VS.

— Comment en êtes-vous sûrs ? Ils n'avaient aucun signe d'appartenance.

— Kira a identifié ... les cadavres sur les photos

que lui a montré son père, me répondit-il avec une grimace.

— Il lui a montré des photos des hommes qu'elle a tué ? lui demandai-je, choqué.

— Bah, il n'avait pas trop le choix. Fallait qu'on sache si c'étaient bien ces connards.

— Ouais. Mais je dois dire que ça ne me plaît pas du tout. Et elle vous a expliqué comment elle peut savoir aussi bien se servir d'une arme ? le questionnai-je, curieux.

— Elle n'a pas voulu en parler même avec son père et Pappy, donc personne ne sait vraiment. Elle a juste dit qu'elle avait une formation militaire et qu'elle ne pouvait pas en dire plus. Ma cousine est décidément pleine de surprises, s'extasia-t-il en regardant Kira avec fierté.

— Ouais, je crois qu'elle ne cessera jamais de nous étonner, lui confirmai-je en la regardant moi aussi. Et du coup on a un plan ? On a d'autres infos ? Jasper et Andy n'avaient rien vu venir ? Je croyais qu'ils surveillaient leur QG ? l'interrogeai-je en le regardant de nouveau.

— Je n'en sais pas beaucoup plus. Le Prèz a ordonné le confinement dès la fin de l'attaque. Il doit faire une messe tout à l'heure, donc on en saura certainement plus.

Nous arrêtâmes de parler lorsque Kira commença à se tortiller contre moi. Je la vis papillonner des yeux avant de les ouvrir complètement et de les plonger dans les miens. À chaque fois, j'avais l'impression qu'elle pouvait voir jusqu'au fond de mon âme.

— Salut ma belle, lui soufflai-je.

— Salut, me répondit-elle d'une voix un peu éraillée.

— Euh, salut à vous aussi, nous dit Kyle en riant.

Kira le regarda et se mit à rougir en pouffant de rire.

— Bon, je crois que je vais vous laisser, déclara-t-il en se levant. Vous êtes tous les deux attendus au bar du club-house dans une heure. C'est pour ça que je suis venu vous réveiller. Ty, Speed t'a donné l'autorisation de sortir du dispensaire, des fringues propres sont sur la commode. Kira, Maddie m'a aussi donné des vêtements propres pour que tu puisses prendre une douche et te changer avant de nous rejoindre, lui annonça-t-il, en lui montrant un sac de sport par terre à côté de lui. À plus tard les amoureux, nous lança-t-il s'éclaffant et en sortant pour nous laisser seul.

Je me tournai vers elle et vit qu'elle ne captait pas plus que moi ce qui se tramait. Elle avait les sourcils froncés d'incompréhension. Je me penchai doucement vers elle pour souder tendrement mes lèvres aux siennes. Malgré tout, je me séparai d'elle à regret et lui donnai un dernier baiser sur le front.

— Et si tu allais te préparer ? Je vais utiliser une autre salle de bain. Je ne sais pas non plus ce qu'ils manigancent, mais je pense qu'on n'a pas intérêt à être en retard, sinon ton père va m'arracher la tête. Et après je pourrai te faire visiter ma chambre au club-house si tu veux.

Elle hésita et grimaça un peu. Elle avait l'air curieuse

de voir mon chez moi, mais en même temps on aurait dit que quelque chose la retenait. Alors, j'attendis qu'elle me dise ce qu'elle pensait.

— Est-ce que Ophia est déjà venue chez toi ? me demanda-t-elle dans un souffle, en rougissant.

C'était donc ça qui la perturbait. Un sourire ravi se dessina malgré moi sur mes lèvres, mais je m'empressai tout de même de la rassurer.

— Eh ma belle, je peux t'assurer qu'aucune femme n'a jamais franchi le seuil de ma chambre et Ophia encore moins, lui affirmai-je.
— D'accord. Ça me ferait vraiment plaisir alors, acquiesça-t-elle avec un sourire.

Je pressai mes lèvres sur les siennes une dernière fois avant de me redresser en grognant. Kira se leva également, elle prit le sac que lui avait ramené Kyle et se dirigea vers la salle de bain de la chambre. Je me levai doucement à mon tour, pris également mes affaires et sortis de la chambre pour me diriger vers une autre salle de bain. Ma douche fut laborieuse à cause de mon épaule mais j'essayai de me dépêcher pour ne pas laisser Kira seule trop longtemps. Une fois prêt je retournai dans la chambre et m'assis sur le lit pour l'attendre. Quelques minutes plus tard, la porte s'ouvrit et elle fit son apparition d'un pas hésitant, les joues rosies d'embarras. J'en restai bouche bée. Ma respiration se bloqua lorsqu'un violent désir s'abattit sur moi. Elle était juste magnifique, et putain qu'est-ce qu'elle était bandante. Elle portait une petite robe rouge qui lui arrivait au-dessus du genou, avec sur les côtés des fentes qui remontaient jusqu'en haut de ses cuisses fermes, dévoilant sa peau. Le décolleté qu'elle portait lui tombait jusqu'entre ses seins, mais ça n'était en aucun cas vulgaire. La robe la moulait à la perfection et mettait ses formes en valeur. Je ne pus m'empêcher de la dévorer du regard. Quand elle commença à se tortiller sur place et danser d'un pied sur l'autre, je décidai de me relever et d'aller la rejoindre. Je la pris dans mes bras et cherchai son regard pour lui dire à quel point elle était magnifique. Je fis attention de ne pas trop me coller à elle pour qu'elle ne sente pas la méga érection que je me payais, mon but n'étant pas de la faire flipper. À défaut, je pris son visage en coupe pour lui dévorer la bouche. Je fis passer tout ce que je ressentais dans ce baiser. Un instant plus tard, je m'éloignai d'elle à bout de souffle, mais il fallait vraiment qu'on y aille. Je replaçai, le plus discrètement possible, la barre douloureuse que j'avais dans mon jean, ce qui avait l'air de la faire beaucoup rire. Je soufflai un bon coup et lui pris la main pour l'entraîner avec moi sans un mot. Nous n'avions pas besoin de parler, nos regards avaient tout dit. Avant de sortir du dispensaire, nous croisâmes Démon qui me donna les recommandations habituelles pour ma blessure et m'informa qu'il viendrait changer mon pansement demain. Nous sortîmes donc main dans la main et marchâmes tranquillement jusqu'au club-house.

À peine avions-nous passé la porte du bar, que plusieurs personnes nous sautèrent dessus. Maddie me serra fort dans ses bras, les larmes aux yeux, tandis que je pouvais lire le soulagement sur son visage. Je la réconfortai un moment avant qu'elle ne se détache de moi, et fit la même chose avec Kira qui sursauta de surprise à ce brusque contact, avant de se détendre et prendre part à ce câlin en souriant. Ensuite, le Prèz prit le relais de Maddie auprès de sa fille. Le bar était plein, tout le monde était là, y compris les PoS de Californie, j'aperçus même plusieurs nomades.

« *Mais qu'est-ce qu'il se passe bordel* », me demandai-je énervé de ne pas être au courant, surtout en tant que VP du club.

Kira avait l'air complètement perdue elle aussi, alors que les femmes la prenaient dans leurs bras à tour de rôle. Je n'eus pas longtemps à attendre avant que le Prèz réclame le silence en posant un bras sur les épaules de sa fille qui, elle, ne le lâchait pas une seconde du regard. Pappy se plaça également à côté d'eux.

— Mes frères, aujourd'hui est un jour très spécial pour nous. Nous accueillons un nouveau membre officiel parmi nous sur décision de nos deux clubs réunis, nous annonça-t-il avec fierté. Elle a déjà une place importante dans nos vies, mais par ses actes envers nous et nos clubs, elle a obtenu le respect de chacun, et vous avez tous demandé son intégration officielle. Et quoi de mieux que de le faire aujourd'hui, le jour de son anniversaire.

Je fus sur le cul en ne m'attendant pas du tout à ça. Mais bordel, qu'est-ce que j'étais fier d'elle et de mes frères, ma famille. Et le pire dans l'histoire, était que je ne savais même pas que c'était son anniversaire aujourd'hui.

Daryl s'avança vers elle, une grande boîte en carton dans les mains et la tendit à notre Prèz qui l'ouvrit et en sortit un blouson au logo du club pour le tendre à Kira. Elle plaça ses deux mains devant sa bouche alors que des larmes se mirent à dévaler ses joues. Elle se jeta dans les bras de son père qui la serra immédiatement contre lui en lui parlant à l'oreille. Puis, il se détacha d'elle pour l'aider à enfiler son nouveau blouson. Notre Prèz avait l'air très ému et resta muet en contemplant sa fille avec beaucoup de fierté et d'amour. Daryl prit la relève devant ce tableau.

— Kira, par cet acte, nous voulions tous te remercier. Les problèmes du club ne sont pas réglés, mais nous sommes tous reconnaissants pour tout ce que tu as déjà fait, lui déclara Daryl. Nous sommes une grande famille et tu en fais entièrement partie.

Tous poussèrent des cris et sifflèrent pour approuver ces belles paroles. La fête pouvait enfin commencer.

Dès que l'attroupement autour de Kira se dispersa, je me dirigeai vers elle pour la prendre dans mes bras. Elle se pressa contre moi puis se mit sur la pointe des pieds pour poser ses lèvres sur les miennes. Cependant, nous furent de nouveau interrompus par Kyle, ce qui me fit aussitôt grogner.

— C'est bon mon frère, laisse-moi féliciter ma cousine, me sermonna-t-il en serrant une Kira morte de rire contre lui, ce qui me fit de grogner de plus bel.

— Tu étais au courant et tu ne m'as rien dit,

l'accusai-je, l'air boudeur.

— Ce n'est pas ma faute si notre mini-pousse s'est réveillée avant que je puisse te mettre au courant, me répondit-il hilare.

Je lui mis une pichenette derrière la tête pour le remettre à sa place ce qui les fit encore plus rire tous les deux. Toute la soirée se passa sur le même ton. Nous rions et chahutions dans un joyeux bordel. J'adorais entendre le rire de Kira. Et à chaque fois que j'entendais sa voix un peu éraillée...

« Bordel, j'ai l'impression d'être dur en permanence rien qu'en pensant à elle ! »

Je n'attendais qu'une chose : que la soirée se termine pour l'emmener dans ma chambre pour l'avoir enfin tout à moi. Je savais qu'elle avait besoin de temps et je ne la brusquerais pas, mais ça ne nous empêchait pas de nous amuser un peu et d'apprendre à mieux se connaître. Mais le plus important, c'était surtout de passer du temps seul avec elle.

Chapitre 13

Kira

Je me trouvais dans la chambre de Tyler. La soirée qui avait été organisé en mon honneur avait juste été géniale. Je ne m'y attendais pas du tout. C'était la première fois qu'on me souhaitait mon anniversaire, et c'était tellement inhabituel que je ne me rappelais même plus que c'était aujourd'hui. Mais le plus beau cadeau avait été quand mon père m'avait offert mon blouson pour mon intégration officielle au club. Il avait l'air tellement fier de moi, c'était sans contexte le plus jours de toute ma vie. Tout avait été absolument parfait du début à la fin. Excepté, peut-être, le regard de cette garce d'Ophia qui m'avait fixé d'un air mauvais toute la soirée. Je ne savais pas si c'était de l'instinct ou de la jalousie, mais elle ne me revenait pas du tout cette femme. Mais même elle, elle n'aurait jamais pu gâcher cette soirée. Il était plus d'une heure du matin, lorsque Tyler et moi avions décidé de nous éclipser pour rejoindre sa chambre.

J'observais donc avec attention son chez lui. Tout

était propre et bien rangé, plutôt moderne. Il y avait un immense lit, un petit salon cosy et je pouvais apercevoir une salle de bain attenante. On se sentait tout de suite bien dans son espace, qui était empli de son odeur que j'adorais. Je regardai Tyler qui m'observer lui aussi avec beaucoup d'attention. Il s'approcha doucement de moi pour venir me prendre dans ses bras et m'embrasser avec voracité. Il provoqua tellement de sensations nouvelles en moi, que je ne désirais plus qu'une chose à cet instant précis : qu'il me touche encore et encore pour ne plus jamais me lâcher. Nous nous séparâmes malgré tout, à bout de souffle.

— Tu es magnifique dans cette robe. J'ai eu beaucoup de mal à me contenir toute la soirée. Surtout quand j'imagine mes mains caresser ton corps divin, me susurra-t-il d'une voix rauque.

Je ne savais pas quoi dire alors je me mis sur la pointe des pieds pour l'embrasser de nouveau, en l'attrapant par la nuque.

— Il faut qu'on arrête ma belle, sinon je ne vais pas tenir, grogna-t-il en se séparant un peu plus de moi. Tu veux bien dormir avec moi ce soir ? me demanda-t-il avec espoir.

Je le regardai d'un air incertain alors que mon corps se mettait à trembler d'appréhension.

« Bordel, j'ai vraiment envie de lui mais j'ai tellement peur à la fois. Qu'est-ce que je dois faire ? », paniquai-je immédiatement.

Il dut comprendre le problème car il intervint

précipitamment.

> — Eh, regarde-moi ma belle. Je t'ai déjà dit qu'on irait à ton rythme. Je voudrais juste que tu restes dormir avec moi, si c'est ce que tu veux. Et techniquement, on le fait déjà depuis deux nuits, me dit-il malicieusement ce qui me détendit automatiquement.

— D'accord, oui, je veux bien, chuchotai-je.

— Tu n'as qu'à aller te préparer pour la nuit dans la salle de bain, moi je le ferai ici. Et ne t'inquiètes pas, Maddie a un sixième sens puisqu'elle t'a apporté un sac de vêtements, m'informa-t-il en prenant un sac que je n'avais pas remarqué et en me le tendant.

Je ne pus m'empêcher de pouffer en pensant à cette femme que je considérais désormais comme une mère pour moi. Elle pensait toujours à tout. J'acquiesçai en prenant le sac et me rendis dans la salle de bain. En revanche, je fus estomaquée lorsque je vis ce qu'il contenait.

« Oh mon Dieu, elle n'a pas pu me faire ça ? Comment je vais faire ? », me demandai-je stressée, au bord de la panique.

Je restai coincée là à regarder les bouts de tissu minimalistes et surtout à moitiés transparents. Tyler dut se demander s'il y avait un problème car au bout d'un moment, il tapa à la porte pour me demander si tout allait bien. Je m'empressai de lui répondre que oui et que je n'en avais plus pour très longtemps. Toutefois, je restai immobile encore quelques minutes avant d'inspirer un bon coup, et de prendre une décision. Il me fallait affronter mes dernières peurs. La soirée avait été géniale, c'était un nouveau commencement pour moi. Je venais d'avoir vingt-cinq ans aujourd'hui. J'avais une famille qui m'aimait maintenant et qui me soutenait. Je parlais de mieux en mieux. J'arrivais à avoir des contacts physiques avec de moins en moins de difficultés. Alors, il me semblait que le moment était venu d'affronter ma peur du sexe. En plus, je pouvais franchir le pas avec l'homme que j'aimais et j'avais la certitude qu'il ne me ferait jamais de mal. Donc, sur ces bonnes résolutions, j'enfilai rapidement la fine nuisette que je tenais dans mes mains avec tout de même beaucoup d'appréhension. Je me regardai dans le miroir et aimais beaucoup ce que j'y vis. Elle était très décolletée, on voyait mes tétons à travers le tissu ainsi que mon sexe complètement épilé. Elle était également très courte m'arrivant en haut des cuisses. Dans un moment de folie, je décidai de ne rien mettre en-dessous et de rester comme ça. J'avais envie de rendre Tyler fou de désir et de lui faire comprendre que je lui offrais vraiment tout de moi.

« *Merci Maddie de m'aider à traverser cette étape difficile pour moi* », la remerciai-je par la pensée.

Trois inspirations plus tard, je sortis de la salle de bain d'un pas décidé mais un peu angoissée, et vins me placer devant Tyler qui était assis sur le bord du lit torse nu, en pantalon de jogging. Son regard sur moi valait tout l'or du monde, il vacillait entre la surprise, l'hésitation et surtout beaucoup de désir. Je vis qu'il essayait de se contenir tant bien que mal, j'en rirais si je n'étais pas aussi stressée. Il releva brusquement ses yeux vers moi.

— Kira, ... putain ... je vais exploser dans mon froc rien qu'en te regardant habiller comme ça, me dit-il au bord du gouffre. Mais je t'ai dit qu'on avait le temps, tu n'es pas obligée de ...

Je ne lui laissai pas finir sa phrase puisque ses paroles me donnèrent la confiance nécessaire pour assumer mes choix. Je m'avançai plus près de lui, ce qui le fit se redresser un peu plus et se taire, puis je m'installai sur ses cuisses à califourchon, un genou posé de chaque côté de son corps. Cette position plaçait directement mon sexe nu sur son érection dure et massive. J'enroulai alors mes bras autour de sa nuque et l'embrassai comme si ma vie en dépendait. Il n'y avait pas besoin de mots pour nous comprendre, nos corps l'exprimaient pour nous. Je laissai complètement mon désir pour lui prendre les commandes. Je fis courir mes mains tremblantes sur son torse, ses épaules, ses bras, son dos, partout où je pouvais découvrir sa peau chaude et ses muscles fermes. Je commençai à faire de légers vas-et-viens de mon bassin contre sa verge dure, mais gêné par son vêtement, il la sortit de son pantalon pour être vraiment peau contre peau. La sensation me fit sursauter mais se révéla délicieuse. Peu à peu, je sentis une pression monter en moi de plus en plus forte, tandis que Tyler me prit par les hanches pour accentuer le point de friction. J'accentuai peu à peu la cadence, jusqu'à exploser en un millier de morceaux. Tyler avala mes gémissements et mes cris de jouissance en continuant à m'embrasser tendrement. J'eus beaucoup de mal à reprendre ma respiration tellement elle était saccadée. C'était mon premier orgasme, et je devais avouer que c'était vraiment divin et que je ne souhaitais qu'une chose : recommencer. Tyler me regardait avec une expression fascinée alors que j'avais encore du mal à redescendre de mon nuage. Il s'allongea et nous fit rouler sur son lit pour se retrouver à moitié sur moi. Cette position pourrait me faire paniquer mais il n'en fut rien, je voulais juste pouvoir sentir ses mains sur mon corps.

> — Ma belle, tu es vraiment magnifique quand tu jouis. C'est la plus belle chose que j'ai vu de toute ma vie, déclara-t-il d'une voix rauque. Merci de m'avoir offert ça, ma chérie. Est-ce que je peux te toucher moi aussi ? me demanda-t-il respectueusement en me regardant dans les yeux.
> — Oui Tyler, je veux que tu me touches, acceptai-je dans un souffle.

D'une main experte, il fit alors passer la nuisette par-dessus ma tête. Il recommença à m'embrasser puis ses lèvres longèrent ma mâchoire, glissant dans mon cou, sur mon épaule puis descendirent. Il passa ensuite sa main sur ma poitrine en titillant mes tétons au passage, je me cambrai instinctivement pour accentuer ses caresses mais il continua son ascension en passant sur mon ventre pour enfin atteindre l'intérieur de mes cuisses. Je me sentis mouillée et ses doigts n'eurent aucun mal à glisser sur ma boule de chair encore très sensible. Tout en m'explorant, il prit un de mes tétons dans sa bouche, pour le sucer et le mordiller, puis fit subir la même chose au deuxième, tandis que la pression en moi remontait considérablement. Il inséra ensuite un doigt en moi tout en relevant sa tête pour voir si j'allais bien. Je roulai mon bassin pour lui confirmer que j'en voulais plus, et le sentis immédiatement insérer un deuxième doigt, me faisant gémir de plaisir. Il effectua de doux vas-et-viens avec ses doigts, tout en massant mon clitoris de son pouce.

— Vas-y ma chérie, jouis encore pour moi, me réclama-t-il d'une voix terriblement sexy.

Toutes ses attentions et son ordre eurent raisons de moi, et j'explosai sur ses doigts qui continuaient leurs mouvements. Une fois l'orgasme passé, il les retira doucement et les porta à sa bouche pour goûter mon plaisir. Cette vision était des plus érotiques, alors je l'attrapai par la nuque pour l'embrasser et goûter mon propre plaisir sur ses lèvres et sa langue, avant de me laisser aller sur le lit. J'étais essoufflée, et de la sueur coulait sur mon corps. Alors que je n'étais pas tout à fait remise de mon deuxième orgasme, Tyler se pressa sur moi et présenta son sexe imposant contre le mien. Je ne m'étais même pas aperçue qu'il avait retiré son pantalon et enfilé une protection. Je n'eus cependant pas le temps de paniquer qu'il s'enfonçât lentement, centimètre par centimètre, à l'intérieur de moi, m'étirant et me comblant entièrement. Je ne pus m'empêcher de gémir de plaisir, surtout quand il commença à bouger.

— Kira, regardes-moi ma belle, je veux voir tes yeux quand je te donne du plaisir, me supplia-t-il presque, la respiration saccadée à cause de l'effort qu'il fournissait pour se contenir. Tout va bien ma chérie ? Dis-le-moi si ça ne va pas.

— Oui. Oui, ne t'arrêtes pas s'il te plaît, j'ai besoin de toi, lui soufflai-je en gémissant et en enroulant instinctivement mes jambes autour de ses hanches pour qu'il s'enfonce encore plus en moi.

Il ne lui en fallut pas plus pour se mettre en mouvement. À chaque fois, il se retira presque complètement avant de s'enfoncer de nouveau jusqu'à la garde, seulement dans des gestes doux et lents. Puis il accéléra peu à peu la cadence et je sentis déjà mon plaisir revenir en flèche mais d'une manière différente des deux premières fois. Au bout de quelques minutes, j'explosai de nouveau mais de façon encore plus intense, tout en l'aspirant au plus profond de moi. Je n'en finissais plus de crier de plaisir en prononçant plusieurs fois son nom avant de le sentir, lui aussi, exploser dans un grognement rauque, en soufflant le mien. Il posa ensuite son front dans le creux de mon épaule plusieurs minutes, le temps de reprendre notre souffle. Puis, il se retira lentement de moi, ce qui me donna une sensation immédiate de vide. Il roula ensuite sur le côté et se leva pour se diriger vers la salle de bain sans un mot. Pour moi ce fut la douche froide. J'attrapai automatiquement le drap pour le remonter sur ma poitrine, et commençai à paniquer : est-ce qu'il n'avait pas aimé ? Est-ce que j'avais fait quelque chose qui l'avait repoussé ? Est-ce qu'il voulait encore de moi maintenant qu'il m'avait eu ? Est-ce qu'il y avait pris du plaisir ? ... J'en étais là de mes interrogations quand il revint dans la pièce. Il s'arrêta et me dévisagea un instant en plissant les paupières, se demandant certainement ce qu'il m'arrivait.

— Laisse-moi deviner, me demanda-t-il en croisant les bras sur sa poitrine, tu as cru que j'allais partir ?

Honteuse, je hochai la tête pour lui confirmer et me mis à rougir d'embarras. Il soupira, laissa retomber ses bras le long de son corps et s'approcha du lit pour venir s'asseoir à côté de moi. Il prit mon menton dans sa main pour que mes yeux soient de nouveaux rivés aux siens.

— Si tu savais à quel point ça a été bon pour moi, tu ne te poserais même pas la questions. Je t'assure, ma chérie, que c'est la meilleure nuit de ma vie. Ce que tu m'as offert et fait ressentir était juste magnifique. Le pire maintenant, c'est que je ne vais plus pouvoir me passer de toi et, que toutes les images de nous ensemble dans ce lit vont me hanter à chaque moment.

— Merci à toi d'avoir été patient avec moi et de ne pas m'avoir brusqué, le remerciai-je de ma voix éraillée.

— Tu n'as pas à me remercier de ça. Tu es tout pour moi.

Sa déclaration était surréaliste et tellement belle que les larmes me montèrent aux yeux. Je m'avançai et l'embrassai doucement. Il s'installa dans le lit et m'attira contre lui. Je posai ma tête sur son torse, un bras en travers de son ventre et fermai les yeux de soulagement et de bonheur.

— Il faut qu'on dorme un peu, j'ai une messe demain matin et tu as l'air épuisé. Repose-toi et dors un peu, ma chérie. Je suis là, je ne bougerai pas, me dit-il en embrassant ma tempe et en plaçant son menton sur le sommet de mon crâne.

Avant de sombrer peu à peu dans le sommeil, je ne pus empêcher mes lèvres de lui dire ce que mon cœur ressentait.

— Je t'aime.

Je n'eus pas le temps dans entendre plus que je m'endormis déjà, comblée et heureuse en le sentant resserrer ses bras autour de moi.

Chapitre 14

Tyler

Lorsque je m'éveillai, j'étais seul dans mon lit. Si ma chambre n'était pas imprégnée de l'odeur de Kira, je me serais même demandé si je n'avais pas rêvé la nuit dernière. Tout avait été parfait, et elle avait été incroyable même si ça n'avait pas dû être évident pour elle. Elle m'avait plus que surpris lorsqu'elle était enfin sortie de ma salle de bain. Sa tenue était si sexy et ne cachait absolument rien de son corps. Et quand elle avait pris l'initiative de nos rapprochements, j'avais bien cru que j'allais avoir une crise cardiaque. Il était évident qu'elle avait vraiment eu besoin de ça pour se sentir plus à l'aise et en sécurité, alors je n'avais pas bougé et l'avais laissé faire. J'étais tellement fier d'elle et heureux d'avoir pu traverser cette épreuve avec elle. Nos ébats avaient été intenses. D'habitude, quand je baisais, il n'y avait aucun sentiment, rien de tout ce que j'avais pu ressentir cette nuit. C'était d'ailleurs la première fois de ma vie que je faisais vraiment l'amour. Et quand elle m'avait avoué qu'elle m'aimait, j'avais eu l'impression que mon cœur allait exploser de joie.

Cependant, quand j'avais voulu lui retourner moi aussi ces mots, elle dormait déjà. D'ailleurs, je ne savais pas si elle avait conscience de les avoir vraiment dits.

« *Putain, faut que j'arrête, on dirait une gonzesse en train de s'extasier* », me sermonnai-je.

Je me bougeai et décidai de partir à sa recherche après une bonne douche. Ce fut en arrivant près de la cuisine que j'entendis ses éclats de rire. Lorsque j'entrai dans la pièce, je vis plusieurs de mes frères adossés au comptoir de la cuisine et d'autres déjà installé à la grande table pour manger. Je fis rapidement le tour du comptoir pour aller enlacer une Kira rayonnante, qui servait les gars en pancakes, bacon et œufs brouillés. Je l'embrassai dans le cou et le lui mordillai, la faisant rougir d'embarras.

— Bonjour, ma chérie. Tu m'as manqué au réveil, lui dis-je dans le creux de l'oreille, la faisant instantanément frissonner.
— Désolée, j'avais faim, me répondit-elle, timide.
— Tu aurais pu me dévorer tu sais, lui dis-je avec un sourire malicieux pour l'asticoter, ce qui la fit rougir encore plus.
— Eh, laisse-là nous servir Ty. Tu la peloteras plus tard, ronchonna Kyle.

Plusieurs de mes frères râlèrent également mais je ne leur prêtai pas attention et pris une assiette que Kira se dépêcha de remplir. Je la remerciai d'un baiser en faisant un doigt d'honneur aux autres. Je rejoignis la table où se trouvaient déjà le Prèz, Lenny, Jasper, Andy, Daryl et son VP Duke. Je me plaçai avec eux, bientôt rejoint par Speed, Démon et Kyle, et d'autres qui nous rejoignirent au fur et à mesure. Kira arriva peu après, alors je l'installai sur mes genoux et la serrai dans mes bras. C'était un joyeux brouhaha, jusqu'au moment où Daryl décrocha son téléphone et se mit à hurler. Il se leva en faisant un signe de tête à Andrew pour qu'il le suive. Ils s'entretinrent à quelques mètres de nous, mais je sus tout de suite qu'il y avait un problème. Tout le monde resta silencieux, alors que je sentis Kira se crisper sur moi, au fil des minutes.

— Tous à la Chapelle, tout de suite, hurla notre Prèz en revenant vers nous le visage fermé et les poings serrés. Ma puce, j'ai besoin que tu nous accompagnes, lui annonça-t-il en s'adoucissant un peu en s'adressant à sa fille, avec un regard d'excuse.

Ma chérie acquiesça immédiatement en se relevant. Alors que nous suivîmes tous le mouvement, j'attrapai la main de Kira et l'entraînai avec nous vers la Chapelle.

Une fois tous installés autour de la table, les quelques absents, comme Pappy, Black, Wolf et d'autres frères des PoS de Daryl, nous ayant rejoint, le Prèz ouvrit la séance et laissa immédiatement la parole à Daryl.

— Mon club vient d'être attaqué. Nous avons perdu un de nos prospects, et un autre de mes frères est dans un état critique, nous annonça-t-il l'air grave.

Un silence pesant s'installa dans la pièce face à ce drame, avant que Daryl ne s'adresse à Kira.

— Ma petite, je suis désolé de te demander ça,

mais pourrais-tu regarder les photos des types qu'ils ont abattus pour nous dire si tu les reconnais ?

— Bien sûr. Montrez-les-moi, lui demanda Kira d'une voix douce et déterminée.

Andy vint installer un ordinateur devant elle. Elle fit défiler chaque photo en les étudiants avec beaucoup de concentration. Il y en avait quatre. Une fois finie, elle releva la tête pour s'adresser à Daryl.

— J'en ai reconnu que trois. Ils font partis des VS. Celui-là, expliqua-t-elle en retournant l'ordinateur pour leur montrer une des photos, c'est leur sergent d'arme : Oliver Rivera.

— D'accord, merci Kira, la remercia gentiment Daryl.

— Merci, ma puce. Est-ce que tu peux nous laisser maintenant ? lui demanda doucement son père.

— Bien sûr papa, lui répondit-elle en se levant. Je suis vraiment désolée pour vos hommes Daryl, lui dit-elle en se tournant vers lui avant de rejoindre la porte de la Chapelle.

Elle s'immobilisa un instant avant de sortir et se retourna pour s'adresser de nouveau à son père et à Daryl.

— Vous allez riposter, n'est-ce pas ? Vous allez les attaquer chez eux ?

— Ma puce, ça ne te concerne pas, lui répondit son père le visage fermé.

— Je sais bien papa mais je peux vous aider. Je connais bien leur QG, et j'ai une très bonne mémoire. Je pourrais vous en dessinez les plans, ça vous aiderait, n'est-ce pas ?

Tout le monde se retourna vers le Prèz et Daryl, qui se regardaient en pleine réflexion, avant d'acquiescer.

— Ça serait vraiment bien en effet, ma puce. Peux-tu nous faire ça rapidement pendant qu'on finit la réunion ? lui demanda son père en la regardant.

— Bien sûr. Je vais le faire tout de suite papa, lui dit-elle avant de sortir rapidement.

— Ta fille est vraiment exceptionnelle Andrew, lui affirma Daryl admiratif.

— Je sais. Je suis très fier d'elle. Allez, reprenons maintenant.

La réunion reprit donc son cours pour réfléchir à la meilleure manière de procéder. Les deux Prèz se mirent d'accord pour attaquer ensemble le QG des VS. Nous votions tous pour cette solution, nous savions très bien qu'il n'y avait pas d'autres façons de stopper ce merdier. Le Prèz clôtura la messe en nous informant que nous partions dans une heure, seuls Pappy, Kyle, Démon et les deux prospects restaient sur place pour protéger le club. Nous nous levâmes et partîmes préparer nos affaires pour le voyage.

En rejoignant ma chambre, je trouvai Kira assise sur mon lit le regard dans le vague. Elle leva la tête en m'entendant approcher d'elle.

— Tu pars avec eux. Tu vas me manquer, me déclara-t-elle des trémolos dans la voix.

— Oh toi aussi, tu vas me manquer, ma belle.

Nous ne serons pas absents longtemps, lui affirmai-je en m'accroupissant devant elle.

— Promets-moi que vous ferez attention à vous. Je ne veux pas vous perdre.

— Tu ne nous perdras pas, ne t'inquiètes pas, confirmai-je en effaçant une larme sur sa joue avec mon pouce.

Je savais que c'était très dur pour elle de nous laisser partir. Je la repoussai doucement sur le matelas pour l'allonger sous moi et l'embrassai avec urgence. Elle s'accrocha à moi d'une main sur ma nuque et l'autre dans mon dos. Il ne m'en fallut pas plus pour remonter sa robe et glisser ma main entre ses cuisses sous sa culotte, pour lui donner du plaisir. J'étouffai ses gémissements de ma bouche. Elle était tellement mouillée que je n'attendis pas, je descendis sa culotte le long de ses jambes, déboutonnai ma braguette pour sortir mon sexe dur de désir. Elle enroula aussitôt ses jambes autour de ma taille et j'en profitai pour m'enfoncer en elle en une seule poussée. Elle cria de plaisir et de douleur mêlés. Puis, elle bougea ses hanches pour venir à chaque fois un peu plus à ma rencontre. Je me contins du mieux que je le pus, je ne voulais pas lui faire mal, mais ce n'était apparemment pas à son goût.

— Tyler, s'il te plaît, me supplia-t-elle. Plus vite, plus fort, gémit-elle.

J'accélérai immédiatement mes mouvements en la prenant plus fort. À ce rythme, je n'allais pas durer longtemps, alors je plongeai une main entre nous pour masser son clito avec mon pouce. Il suffit de quelques allers-retours supplémentaires pour qu'elle explose et m'enserre fortement, ce qui eut raison de moi et me fit jouir avec une puissance que je n'avais jamais connue. Je nous fis rouler sur le matelas alors qu'elle se retrouva sur moi, tout en restant bien enfoncé en elle. Il nous fallut quelques minutes pour reprendre notre souffle. Nous n'avions pas beaucoup de temps devant nous alors je nous relevai, Kira accrochée à moi comme un singe, et je l'emmenai avec moi dans la douche. En revanche, une chose me frappa immédiatement quand mon sexe glissa en dehors de son fourreau tout chaud.

— Putain ma belle, je suis désolé, on a oublié de se protéger, lui dis-je, choqué d'avoir oublié ce détail. Je n'ai jamais rien fait sans et je suis clean, lui débitai-je rapidement.

— C'est bon ne t'en fait pas. Je suis clean moi aussi, Speed m'a fait tous les examens nécessaires à mon arrivée.

— Est-ce que tu prends un contraceptif ? lui demandai-je un peu nerveux. Ne crois pas que je n'assumerais pas si jamais il y avait un problème, c'est juste que je ne voudrais pas te mettre dans une situation qui te ferait flipper.

— Je ... je ne prends pas ... de contraceptif et il se peut ... que je ne ... puisse ... peut-être pas ... ou jamais ... avoir ... d'enfants, m'annonça-t-elle en bafouillant difficilement, la tête baissée tout en se triturant les mains d'angoisse.

— Eh, regarde-moi ma belle, lui demandai-je en lui relevant le menton pour qu'elle me regarde. Il n'y a pas de problèmes, tu n'as pas à te sentir mal pour ça. À mon retour, nous prendrons le temps de reparler de tout ça sérieusement, même si pour moi, ça ne change rien. Pour l'instant nous devons nous dépêcher, c'est bientôt l'heure et tout le monde va nous attendre. On est d'accord ma chérie ?

Je vis un sourire triste apparaître sur ses lèvres, des larmes pleins les yeux tandis qu'elle hocha la tête pour me faire comprendre qu'elle comprenait. Nous nous lavâmes donc rapidement. Une fois prêts, je pris mes affaires et l'entraînai dehors sur le parking. Elle embrassa les gars en leur recommandant d'être prudent, serra ensuite fort son père contre elle et lui tendit plusieurs feuilles avant de revenir vers moi. Je la serrai dans mes bras et l'embrassai amoureusement avant de la relâcher et de grimper sur ma bécane. Je la regardai une dernière fois avant de partir, et même si elle m'offrit un magnifique sourire, je voyais bien qu'elle se retenait de pleurer.

— Prends soin de toi ma chérie, je reviens vite. Je t'aime ma belle, lui dis-je les mots s'échappant naturellement de mes lèvres, la laissant bouche bée.
— Moi aussi je t'aime Tyler, me répondit-elle une fois revenue de sa surprise et en m'embrassant tendrement avant de reculer.

Ce fut sur ces dernières paroles que je rejoignis les autres pour prendre la route. Je n'étais pas encore sorti du club que je n'avais déjà qu'une envie, celle de revenir pour ne plus la quitter.

Après plusieurs heures de route et deux haltes pour nous ravitailler, la nuit était déjà bien installée. Nous

nous arrêtâmes à une centaine de mètres du QG des VS pour préparer notre artillerie, et revoir les plans que Kira nous avait dessinés. Il avait été décidé d'arriver en force donc il n'y avait pas à discuter, nous nous remirent tous en route. Lorsque nous arrivâmes devant la grille grande ouverte au beau milieu de la nuit, il était évident que nous nous attendions à tout sauf à ça : les lieux étaient complètement déserts. Nous entrâmes et nous nous arrêtâmes devant un bâtiment complètement délabré. On pouvait affirmer que même l'extérieur était dégueulasse. Mais ce qui était encore plus surprenant était le fait que tout était abandonné.

— Les gars fouillez-moi tout ça, nous ordonna notre Prèz.

Nous nous dépêchâmes de mettre pieds à terre et de fouiller chaque recoin du bâtiment. Mais ce fut en fouillant leur espèce de Chapelle, que je trouvai un message à notre attention.

— Prèz, j'ai quelque chose ici, hurlai-je pour qu'il m'entende.

Il débarqua rapidement avec Daryl, nos frères les suivants de près. Il lit le bout de papier à voix haute :

Pour le cas où le grand président Andrew Johnson se pointe chez nous

Le Prèz prit la clé USB qui se trouvait en-dessous, en l'observant avec appréhension.

— Jasper ? lui demanda-t-il en lui tendant la clé.
— Je m'en occupe Prèz, lui répondit-il en sortant son ordi qu'il avait toujours sur lui.

Nous nous tassâmes tous autour de lui pour regarder l'écran.

> — C'est une vidéo. Il n'y a aucun piège, ni virus, c'est juste une vidéo, nous informa Jasper l'air surpris.
> — Vas-y mets-là en route, lui ordonna le Prèz.

Spencer Davis, le président des VS, apparut instantanément à l'écran et il avait vraiment une sale gueule. Il commença à parler et je ne le sentis pas du tout.

« Bonjour Andrew, je voulais te féliciter, comme tu peux le voir, tu as réussi à détruire mon club. Vous avez tué plusieurs de mes hommes et les autres ont eu les pétoches et se sont lâchement barrés. Mais, ne t'inquiètes pas, moi je ne lâcherai pas. Et je peux te promettre que je vais bientôt m'occuper personnellement de ta petite garce de fille. Avant dans arriver là, j'ai un petit cadeau pour toi, juste un petit avant-goût. »

Je commençai à bouillonner de rage en comprenant que je n'allais certainement pas aimer ce que j'allais voir. En regardant le Prèz, je vis qu'il était dans le même état. Une autre vidéo se déclencha automatiquement. Cette fois c'était la mère de Kira, plus jeune, qui parlait avec un grand sourire :

« Coucou, aujourd'hui c'est l'anniversaire de ma petite fille chérie, elle vient d'avoir quinze ans, alors j'ai décidé de lui offrir un cadeau très spécial. J'espère qu'elle va l'adorer celui-là, regardez »

Ce qui suivit nous fit littéralement péter un câble. Je

restai figé un instant avant de détruire tout ce qui me passait sous la main, ivre de rage. Au bout d'un long moment, ce fut d'une voix blanche et emplie de douleur, que le Prèz demanda à Jasper d'arrêter la vidéo.

— Détruisez-moi cet endroit, faites exploser ce taudis. Ensuite nous rentrons au plus vite au club. Lenny appelle immédiatement Kyle et Pappy pour leur expliquer ... ce qu'il en est, qu'ils ne lâchent pas Kira des yeux. Jasper, je suis désolé mais, est-ce que tu pourras regarder cette vidéo jusqu'au bout, pour ... qu'on sache ce ... pour que je sache ... qui ..., bafouilla mon père de cœur, alors qu'une larme dévalait sa joue.

À ce moment-là, la seule chose qui me faisait tenir, c'était de pouvoir retrouver Kira au plus vite. Mais j'avais conscience que les images et les hurlements que j'avais pu voir et entendre avant que Jasper n'éteigne cette vidéo, me hanteraient pour le reste de ma vie. Et quand je me tournai pour regarder l'homme le plus important de ma vie, l'homme qui m'avait recueilli, celui qui m'avait élevé et que je considérais comme mon père, le visage dévasté et les yeux remplis de larmes, n'arrivant même plus à parler, je ne pus que m'empresser de le rejoindre et de le serrer fort dans mes bras.

— P'pa, laissai-je échapper entre deux sanglots alors que je n'avais même pas conscience que je pleurais.
— Je sais fiston, me dit-il difficilement en

remettant sa carapace en place et en mettant une main derrière ma tête pour me serrer encore plus fort contre lui.

— Comment elle a pu survivre à tout ça ? Comment peut-elle être aussi magnifique alors qu'ils l'ont brisés ? lui demandai-je à bout de souffle le corps tremblant de rage.

— C'est une battante, une guerrière et elle nous l'a déjà prouvée plusieurs fois. Même s'ils ont tout fait pour la briser, elle s'est relevée, la tête haute et elle continue à avancer, m'affirma-t-il avec fierté.

— Maintenant, c'est à nous tous de prendre la relève, elle n'est plus seule, elle mérite d'être heureuse. Et nous les feront tous payer jusqu'au dernier pour tout ce qu'ils lui ont fait, déclara Daryl d'un ton résolu et emplit de rage, lui aussi.

Andrew et moi nous séparâmes pour regarder Daryl et les hommes qui nous entouraient. Ils confirmèrent tous solennellement qu'ils s'engageaient dans cette voix pour Kira.

Un petit soulagement se fit ressentir quand nous nous éloignâmes de cet endroit pourrit et que la fumée noire s'éleva dans le ciel dans le rétro de ma bécane.

Chapitre 15

Kira

Trois jours que les hommes étaient partis. J'avais l'impression que ça faisait une éternité tellement ils me manquaient. Même si Pappy et Kyle essayaient constamment de me rassurer en me disant qu'ils allaient tous bien, je ne pouvais m'empêcher d'être sans arrêt angoissée. Ils devaient être de retour ce soir, alors pour me changer les idées, je passai la journée au club-house pour aider Maddie, Callie, Andréa et les brebis à faire le grand nettoyage et à préparer une soirée au bar pour leur grand retour. Seule Ophia manquait à l'appel et ce n'était pas du tout pour me déplaire. J'avais hâte, alors je mettais du cœur à l'ouvrage ce qui faisait passer le temps plus vite, et ça me permettait également, de faire abstraction du comportement étrange qu'ils avaient tous envers moi depuis deux jours. J'avais l'impression qu'il s'était passé quelque chose que j'ignorai parce qu'ils étaient tous aux petits soins avec moi, à part les brebis bien sûr. Ils ne me lâchaient pas d'une semelle et je devais dire que ça commençait sérieusement à me faire flipper. Kyle et

Maddie étaient à quelques mètres de moi et se jetaient régulièrement des petits regards avant de me regarder avec, ce que je pourrais interpréter comme de la pitié ou de la tristesse, et de la compassion, en bref tout ce que je détestais. J'essayai de les ignorer, mais deux heures plus tard, alors que Pappy et Callie les avaient rejoints et qu'ils me regardaient également de la même manière, je n'y tins plus. Je posai ce que j'avais dans les mains sur le comptoir du bar et le contournai pour me diriger vers le petit groupe qui n'arrêtaient pas de me dévisager. En me voyant me diriger vers eux, ils se figèrent tous sans un mot. Je me plaçai devant eux, les mains sur les hanches, les yeux plissés pour m'adresser à eux.

— Je veux savoir ce qu'il se passe et tout de suite, leur ordonnai-je en grognant.
— Ma chérie, commença Maddie d'une voix trop douce, il ne se passe absolument rien.
— Ce n'est pas l'impression que ça donne, alors dites-moi pourquoi vous me dévisagez tous comme ça à longueur de journée, insistai-je. Pappy ? m'adressai-je directement à lui en voyant que personne ne me répondait.
— Je suis désolé ma petite. C'est juste qu'on se fait du souci pour toi, me répondit-il doucement de sa voix grave.
— Mais pourquoi ? lui demandai-je surprise en laissant mes bras retomber le long de mon corps.

Ils se regardèrent tour à tour en se demandant sûrement s'ils devaient me le dire ou pas.

— On devrait lui dire, souffla Kyle en baissant la tête. Elle a le droit de savoir avant que tout le monde rentre.

— Savoir quoi ? le questionnai-je en commençant à paniquer.

— D'accord, ne paniques pas ma chérie. Viens, on va s'asseoir à une table et t'expliquer, me dit Maddie en me prenant la main pour m'entraîner avec elle. Les filles, allez faire une pause, ordonna-t-elle aux brebis qui s'empressèrent de déguerpir.

Une fois tous les cinq installés autour de la table, Maddie prit mes mains pour les garder dans les siennes. Mais ce fut Pappy qui prit la parole.

— Il y a deux jours, Lenny nous a appelé pour nous informer de la situation, dit-il le visage grave ce qui ne me rassurait pas du tout. Quand ils sont arrivés au QG des VS, il n'y avait personne, tout était à l'abandon. Mais en fouillant les lieux, ils ont trouvé un message pour nous et ... une vidéo.

Pappy s'arrêta de parler et baissa la tête. Je savais que ce n'était pas une bonne chose, ayant une petite idée de ce que cette vidéo pouvait révéler sans vouloir y croire. Ma respiration se modifia, tandis que mon corps se mit à trembler et qu'une sueur froide me glaça de l'intérieur.

— Qu'est-ce que c'était ? chuchotai-je dans un souffle en baissant la tête et en déglutissant douloureusement.

— Une vidéo de ton quinzième anniversaire,

lâcha Kyle au bout d'un moment, dans un chuchotement sans me regarder.

— Oh mon Dieu, m'exclamai-je horrifiée en mettant mes deux mains sur ma bouche pour contenir le hurlement de douleur qui montait en moi. Est-ce que ... Qui ... Ils l'ont tous ... vu ? bafouillai-je.

Tout le monde resta silencieux et encore une fois Kyle me confirma mes craintes.

— Mais pas tout. Ils l'ont vite arrêté en comprenant ... s'empressa-t-il de me dire.

Je ne supportai plus leurs regards sur moi, c'était trop pour moi. Je me levai sur des jambes tremblantes, les larmes coulants le long de mes joues.

— Kira ..., intervint Maddie.
— Je ne peux pas, j'ai besoin d'air, dis-je en secouant la tête.
— Ma petite, ce n'est pas ta faute, mais c'est juste dur pour nous aussi de savoir ce que tu as traversé, toute seule, essaya de me rassurer Pappy.
— J'ai besoin d'être un peu seule, dis-je en commençant à reculer.
— Tu ne devrais pas être seule, Kira. Nous sommes là pour toi, intervint Callie pour me calmer.
— Je sais mais je veux retourner chez Pappy, dans ma chambre, les suppliai-je ne voulant plus rien entendre et en m'entourant de mes bras comme pour me protéger.
— Je vais t'accompagner, me dit Kyle en se levant.

— Non, s'il vous plaît. Je veux juste ... j'ai juste besoin ... s'il vous plaît, pleurai-je en m'enfuyant en courant pour sortir du bar et pour me diriger vers le chalet de Pappy pour retrouver mon havre de paix.

J'avais beau les entendre crier mon nom, je ne me retournai pas et ne leur répondis pas. Néanmoins, ils respectèrent ma volonté et ne me suivirent pas. Je courus à en perdre haleine sur des jambes tremblantes. Et ce fut arrivée au chalet, dans ma chambre, que je m'effondrai sur mon lit en larme et en criant mon désespoir.

Lorsque je m'éveillai un peu plus tard, j'étais en position fœtale sur mon lit, alors que la lumière du jour avait un peu décliné. J'étais plus calme et j'avais réussi à digérer la nouvelle. Même si j'appréhendai le regard des hommes qui ne devaient pas tarder, ils m'avaient manqué alors je décidai de prendre sur moi et de me préparer à les affronter. Mais en me dirigeant vers la salle de bain, j'entendis un bruit inhabituel qui venait d'en bas. Je tendis l'oreille et n'entendant plus rien, je descendis pour m'assurer que tout était en ordre. En arrivant dans le salon, je fus choquée d'y découvrir Ophia qui était assise dans un des fauteuils. Ce que je découvris dans son regard quand elle me vit, ne m'annonçait rien de bon.

— Qu'est-ce que tu fais là ? lui demandai-je énervée.
— Je suis venue voir comment tu allais. J'ai entendu tout le monde s'inquiéter pour toi tout à l'heure, alors je suis venue voir par moi-

même, me répondit-elle narquoise.

— Je vais bien, tu peux partir maintenant.

— Oh non, je vais rester un peu. J'ai invité quelqu'un à qui tu manques plus que tout et qui veut te récupérer à tout prix.

— Quoi ? m'inquiétai-je devant son air victorieux.

Mais ce ne fut pas elle qui me répondit, ce fut une voix que je haïssais et que je craignais plus que tout. La personne que je ne souhaitais plus jamais revoir.

— Bonjour ma chérie, me salua Lauren de sa voix mielleuse.

— Pourquoi ? demandai-je à Ophia la gorge nouée par les larmes que je retenais.

— Mais pour Tyler bien sûr. Une fois que tu auras dégagé de mon passage, il sera de nouveau à moi et rien qu'à moi. Il fera de moi sa régulière. Alors lorsque ta chère maman m'a demandé de l'aide pour pouvoir t'approcher, je n'ai pas hésité, m'expliqua-t-elle complètement à l'ouest.

— Il ne voudra jamais de toi, lui dis-je avec colère. Il découvrira ce que tu as fait.

— Ne dis pas n'importe quoi voyons. Quand il saura que tu es morte et qu'il n'y a plus de retour possible, il me tombera dans les bras et je serai là pour lui, me dit-elle fière d'elle.

— Ma chérie, il est temps d'en finir, cette conversation n'a plus d'importance, m'annonça Lauren d'un ton autoritaire m'obligeant à la regarder tout en gardant Ophia dans mon champ de vision. Je vais terminer ce que j'ai commencé depuis si longtemps et je dois dire que l'aide de ta copine me permet d'être pile à l'endroit où je veux qu'ils trouvent ton corps en charpie. Et je te rassure, pour toi c'est vraiment la fin. Tu n'en réchapperas pas cette fois.

Elle sortit une arme munie d'un silencieux de son manteau pour la braquer sur moi d'une main. Puis de l'autre, elle sortit une seringue de sa poche pour la tendre à Ophia qui la récupéra aussitôt.

— Avant toute chose, ta copine va m'aider en t'injectant le petit produit miracle que contient cette seringue. Ne t'inquiète pas, me dit-elle avec un grand sourire en me voyant écarquiller les yeux de peur, tu le connais, tu l'as déjà testé. Mais bon, pour te rafraîchir la mémoire, le produit que tu vas ressentir, c'est l'effet paralysant qui te laisse consciente de tout mais où tu ne peux absolument rien faire, ni bouger, ni crier. Comme ça, on pourra libérer Ophia qui doit se préparer pour aller accueillir ton homme. En compensation de son aide je lui ai offert quelques petits produits miracles à elle aussi. Elle va pouvoir le droguer ce soir pour qu'il la baise sans s'en rendre vraiment compte et elle va faire la même chose que moi il y a plus de vingt-cinq ans. J'ai préparé cette jeune femme depuis plusieurs semaines, pour qu'elle tombe facilement enceinte. La seule différence entre nous c'est qu'elle va accéder à ce qu'elle désire le plus en devenant sa régulière. Les PoS sont tellement loyaux envers la famille, qu'il n'aura pas le choix. N'y pense ma chérie, tu ne seras plus là pour voir ça. Bon, arrêtons nos bavardages, nous n'avons pas la nuit devant nous. Ophia, à toi ma chère.

« *Oh bon sang, elles sont complètement tarées toutes les deux et justement elles sont deux. Je fais quoi, seule contre ces deux folles ?* », me demandai-je paniquée.

Ophia se rapprocha déjà dangereusement de moi.

« *Putain, ce n'est pas le moment de paniquer, j'ai connu pire, je peux faire face. Il est hors de question de lui laisser Tyler. C'est mon homme !* », me sermonnai-je furieuse.

Tant pis si c'était mon dernier jour, si je devais mourir, elles mourraient avec moi. Je n'avais jamais réussi à m'interposer face à Lauren, mais aujourd'hui c'était différent, je le ferais sans hésitation pour les gens que j'aime. Je m'étais préparée pour ce moment, alors c'était à moi seule de mettre un terme à mon cauchemar.

J'attendis patiemment, sans bouger, qu'Ophia soit assez près de moi pour agir. Elle m'attrapa le bras avec ses faux ongles qu'elle planta délibérément dans ma peau, puis dirigea la seringue vers mon cou. J'intervins juste avant que l'aiguille ne puisse m'atteindre, mes gestes étaient rapides et j'avais l'effet de surprise. Je lui attrapai la main, et d'une simple torsion je la retournai pour coller son dos contre moi, tandis que récupérai la seringue dans sa main pour la porter à son propre cou. Elle émit un cri de surprise et de douleur quand l'aiguille s'y enfonça, et je me dépêchai d'appuyer sur l'extrémité pour lui injecter le produit. Il ne lui fallut que quelques secondes pour faire effet alors que je sentais déjà son corps s'affaisser contre moi. Lorsque je la relâchai, elle s'écroula au sol dans un bruit sourd. Elle avait les yeux ouverts mais ne bougeait plus. Je me concentrai donc tout de suite sur Lauren, puisque je n'étais pas encore sortie d'affaire.

— Salle petite garce, qu'est-ce que tu as fait ? hurla-t-elle hors d'elle en agitant ses mains dans tous les sens, dont celle qui tenait l'arme.

Elle se mit à faire les cent pas, hystérique. Je ne la quittai pas des yeux et essayai de réfléchir vite au meilleur moyen de lui prendre. Mais quelques secondes plus tard, je me retournai avec horreur quand j'entendis la porte d'entrée s'ouvrir sur Maddie, qui entra sans se douter de rien. Lauren s'était figée elle aussi, tandis qu'un sourire victorieux se dessinait sur son visage.

— Mais qui avons-nous là ? La très chère régulière de notre Andrew. C'est encore mieux que ce que j'avais imaginé. Je vais en buter deux pour le prix d'une, nous informa Lauren en tournant son flingue sur Maddie qui s'était figée d'horreur.

Je n'eus plus le temps de tergiverser, je me jetai sur Lauren pour dévier son arme. Je ne voulais pas qu'il arrive de mal à Maddie, cette femme qui m'avait accueillie et que je considérais comme une mère pour moi. Je ne m'en remettrais jamais s'il lui arrivait quelque chose.

— Sors Maddie, vite, lui hurlai-je en me débattant

avec Lauren pour garder ses mains avec l'arme hors de sa direction.

Je la vis du coin de l'œil, m'obéir et sortir en courant avec son téléphone déjà à la main. Il fallait que je tienne, elle devait certainement appeler les renforts. Lauren se débâtit comme une folle alors que je n'avais pas une bonne prise sur elle. Je lui tordis le poignet mais avant que l'arme ne lui échappe des mains, un coup partit et je ressentis immédiatement une douleur intense dans la cuisse. Je chancelai de douleur ce qui lui permit de me gifler avec violence, me griffant le visage au passage. Ce fut le coup de trop. Ma colère explosa et je ne me retins plus. Je me jetai de nouveau sur elle en hurlant ma rage ce qui nous envoya au sol toutes les deux. Je me plaçai sur elle à califourchon malgré la douleur déchirante de ma jambe, et commençai à la frapper au visage. Je lui envoyai mon poing droit une fois, puis deux, puis le gauche, et je ne m'arrêtai plus. Au début, elle essaya de répliquer, je me pris moi aussi quelques coups bien placés, mais plus rien ne pouvait m'arrêter, et elle finit par mettre ses bras devant son visage pour essayer de se protéger. Je ne vis plus rien et n'entendis plus rien, seul comptait les coups que je lui donnais. Je frappai pour tout ce qu'elle m'avait fait endurer, tout le mal qu'elle m'avait fait, toute la solitude et la douleur que j'avais ressentie. J'entendis des hurlements mais il me fallut un moment pour me rendre compte qu'ils venaient de moi et que ma vision floue était due aux larmes qui dévalaient mes joues. Quand je n'eus plus assez de force pour lever les bras, je redescendis sur terre et me rendis compte de ce que je venais de faire. Lauren était inconsciente, inerte sous moi, le visage défiguré et en sang. Je me jetai sur le côté, assise par terre puis je levai mes mains en sang devant mon visage, ce que j'y vis me donna envie de vomir. Ma respiration était sifflante et je me mis à trembler violemment de tout mon corps. Je me rendis peu à peu compte des sons autour de moi, et j'entendis plusieurs personnes m'appeler. Lorsque je relevai la tête pour regarder autour de moi, Pappy, Kyle, Démon, et Maddie me dévisageaient d'un air horrifié. Maddie avait placé ses mains sur sa bouche et elle pleurait. Pappy essaya de s'approcher de moi, mais je reculai en rampant contre le mur le plus proche. Je ne savais pas ce qu'il m'arrivait, j'avais l'impression de devenir folle, et de m'étouffer. Je me recroquevillai sur moi-même et me balançai d'avant en arrière en pleurant, sans pouvoir me contrôler.

— Ne m'approchez pas, criai-je.
— Kira, regarde-moi ma petite, tu es blessée, me dit doucement Pappy.
— Ne me touchez pas, laissez-moi tranquille, hurlai-je en pleurant.
— Kira ... réessaya Pappy.
— Non .... Je veux mon papa, dis-je avec une voix de petite fille terrifiée, en sanglotant.
— Il va arriver ma petite, me dit-il d'une voix remplie de douleur et de tristesse.

Plus personnes ne bougeaient, et je continuai malgré moi à me balancer et à réclamer mon père.

Chapitre 16

Andrew

Nous étions encore à quelques kilomètres du club, éreintés par la route et les événements de ces derniers jours. Il fallait que j'aille voir Kira au plus vite. J'avais eu le temps d'accepter les faits depuis ces deux jours, mais cette vidéo d'elle, que nous avions découvert chez les VS, m'avait anéantie et la rage que je ressentais contre ceux qui lui avaient fait ça ne faisait que grandir. Jasper allait malheureusement devoir étudier la vidéo pour pouvoir identifier et retrouver ces agresseurs. Pour l'instant, j'avais seulement besoin de serrer ma fille contre moi, de savoir qu'elle allait bien et d'être près d'elle. Il était évident que Tyler était dans le même état d'esprit. Je voyais bien à quel point il tenait à elle et ça me rassurait de savoir qu'elle était entourée d'amour maintenant. Quand il s'était jeté dans mes bras en m'appelant papa et en pleurant ... Bordel, on avait beau être des gros durs, mais je m'étais retenu de ne pas pleurer moi aussi. Il m'avait complètement retourné les tripes, surtout que c'était la première fois que je le voyais dans cet état. Même si les autres n'avaient rien dit, j'avais bien vu qu'ils étaient tous autant affectés que nous.

Après une dizaine de minutes, nous passâmes enfin la grille du club pour aller nous garer sur le parking. À peine descendus de nos motos, Maddie se précipita vers nous en courant, pâle et en larmes. Je me précipitai immédiatement vers elle pour la réceptionner et la serrer contre moi. Les gars nous rejoignirent rapidement pour nous entourer.

— Maddie, dis-moi ce qu'il y a ma chérie, lui demandai-je avec urgence.

— Oh mon Dieu Drew ... c'est Kira ... il s'est passé quelque chose ... elle ne va pas bien du tout, me dit-elle en sanglotant.

— Qu'est-ce qu'il s'est passé ?

— Il faut que tu viennes ... chez Pappy ... tout de suite. Elle est blessée ... mais elle ne veut pas ... qu'on l'approche. Elle n'est plus ... elle-même.

Je n'en demandai pas plus, et me dirigeai à grands pas vers le chalet de mon père, suivis de mes frères qui nous emboîtèrent le pas, et seulement devancés par Tyler qui était parti comme une bombe en courant. À peine étions-nous entrés, que nous nous figeâmes tous d'un seul bloque, choqués de la scène de déroulant devant nous. J'eus beaucoup de mal à tout analyser mais mon regard se focalisa automatiquement sur ma fille qui était prostrée dans un coin en se balançant doucement d'avant en arrière, ses bras enroulés autour de ses jambes, alors que je l'entendais m'appeler sans cesse d'une petite voix. On aurait dit une petite fille terrifiée. Tyler qui s'était agenouillé devant elle à bonne distance, essayait de lui parler mais apparemment sans résultats. On avait l'impression qu'elle n'était plus avec nous, et que son esprit était très loin d'ici. Pappy et Démon se précipitèrent vers moi, dès qu'ils me virent.

— Mon fils, il faut que tu interviennes et que tu arrives à l'atteindre. Tu dois la faire revenir parmi nous rapidement, me demanda Pappy dans une supplique déchirante.

— Prèz, elle est blessée et perd beaucoup de sang. Il faut qu'on puisse l'approcher pour la soigner, m'informa Démon d'une voix basse et urgente.

— Je m'occupe du reste Drew, concentres-toi sur elle mon frère, me dit Lenny en pressant mon épaule de sa main.

— Je me tiens prêts à intervenir Prèz, m'annonça Speed à côté de moi qui avait déjà sorti du matériel de sa sacoche.

Je hochai la tête pour acquiescer et me dirigeai à pas lents vers ma petite fille. Arrivé près d'elle, je m'agenouillai moi aussi. Je l'entendis chuchoter des choses incompréhensibles, tout en continuant à se balancer sur elle-même.

— Kira, ma puce, l'appelai-je d'une voix douce.

Ne la voyant pas réagir, je tendis mon bras pour poser ma main sur elle. Malheureusement, elle eut tout de suite un mouvement de recul et se mit à hurler en fermant fort ses yeux.

— Ne me touchez pas, ne me touchez pas, cria-t-elle. Je veux mon papa, je veux mon papa, gémit-t-elle en larmes.

— Kira, grondai-je bouleversé de la voir dans cet état. Kira, regardes-moi ma puce. C'est moi, je suis là, lui dis-je d'une voix plus forte.

Elle rouvrit ses yeux noyés de larmes et me regarda enfin. Elle se rapprocha difficilement pour s'affaisser contre moi. Je me laissai tomber sur le cul pour m'asseoir par terre, et l'enveloppai dans mes bras pour la serrer férocement dans cette étreinte qui me broyait les tripes.

— Elles voulaient me faire du mal toutes les deux ... Elles voulaient me droguer ... Elles voulaient faire du mal à Tyler ... Elle voulait tuer Maddie ... Je ne sais pas ce que j'ai fait ... je lui ai fait du mal ... elle ne bouge plus ... je suis un monstre ... comme elle, bafouilla-t-elle entre deux sanglots déchirants.

— Ne dis plus jamais ça, tu n'es pas un monstre, tu n'es pas comme elle et tu ne le seras jamais. Tu as défendu ta vie et celle de Maddie. Je suis fier de toi ma puce, lui affirmai-je sévèrement pour qu'elle comprenne.

J'aperçus Speed par-dessus la tête de Kira. Je compris à son regard d'excuse qu'on n'avait pas le choix et qu'il fallait l'endormir pour la soigner et la calmer. Dans l'état où elle était, il était peu probable d'arriver à la raisonner. Je lui fis un bref geste du menton pour lui dire d'agir et resserrai ma prise sur Kira pour l'empêcher de bouger. Je l'entendis gémir quand Speed planta l'aiguille dans sa peau pour lui injecter le sédatif et attendis patiemment que le produit fasse effet, en la gardant serrée contre moi, tout en la berçant.

— Elle dort, m'informa Tyler, au bout d'un long moment, d'une voix enrouée par l'émotion, tout en lui replaçant une mèche de cheveux derrière l'oreille.

— C'est bon on y va. Démon vient m'aider, ordonna Speed avec urgence, en s'activant.

Je me redressai légèrement pour pouvoir allonger Kira doucement sur le sol, puis je m'éloignai pour laisser les gars s'occuper d'elle. Tyler resta près de sa tête pour lui caresser les cheveux, ne voulant pas la quitter. Aussitôt, je me retournai pour comprendre le reste.

— Mais bordel, qu'est-ce qui s'est passé ici ? grondai-je, hors de moi.

— À ce que nous savons, Lauren a réussi à s'introduire chez nous grâce à Ophia, me répondit Kyle.

— Ophia était de mèche avec elle ? demandai-je effaré.

— C'est une certitude mais on n'en sait pas plus pour l'instant, elle est droguée par un produit paralysant, qui était apparemment destiné à Kira, donc il va falloir attendre un peu avant de l'interroger, m'informa Kyle d'un ton dégoûté.

— Prèz, il faut qu'on transporte Kira au dispensaire, je ne peux rien faire de plus ici sans matériel, m'avertit Speed d'un air concentré.

— Ok, on y va tout de suite. Pappy, on prend ta voiture, ordonnai-je.

— Je vais la porter, nous dit Tyler en la prenant

déjà dans ses bras avec précaution.

— D'accord. Lenny … commençai-je à lui demander.

— T'inquiète, je m'occupe du reste pour l'instant. Dépêchez-vous, me dit-il avant que j'aie terminé ma phrase.

Nous nous mîmes immédiatement en action. Dehors, Pappy nous attendait déjà au volant de sa voiture en marche. Speed s'empressa d'ouvrir la portière pour que Tyler s'installe avec une Kira inconsciente dans ses bras. Je montai à mon tour, suivi de Démon et nous partîmes en trombe pour le dispensaire.

Assis dans la petite salle d'attente, le dos voûté, les coudes sur mes genoux et mes mains serrées en poing sous mon menton, j'attendais patiemment des nouvelles de ma fille. Maddie était assise à côté de moi, une main dans mon dos, Callie collée contre elle, tandis qu'elles se soutenaient mutuellement. Pappy était assis de l'autre côté de moi, et plusieurs de nos frères nous rejoignirent au fur et à mesure. Seul Tyler était resté avec Kira, de toute façon, il était évident qu'on n'aurait pas pu l'en empêcher. J'avais l'impression d'avoir pris dix ans en quelques jours. Je ne savais pas depuis combien de temps on attendait là, mais il me semblait que ça faisait une éternité. Toutefois, je me levai comme un ressort quand Speed nous rejoignit enfin.

— Alors, comment va-t-elle ? m'informai-je immédiatement, inquiet.

— Physiquement, ça va aller. On a pu retirer la balle dans sa cuisse sans complications. Ses mains, en revanche, sont très abîmées. Je lui ai fait des bandages qu'elle va devoir garder deux à trois semaines. Il y a plusieurs petites fractures sur la droite, pour l'instant elles sont très enflées et la peau a éclaté à plusieurs endroits. Pour le reste, ce sont juste des hématomes sans gravités. Ce qui m'inquiète le plus, c'est son état mental. Et là, j'en saurais plus quand elle se réveillera.

— Qu'est-ce que tu crains ? le questionnai-je de plus en plus angoissé.

— Je crains que le traumatisme qu'elle vient de vivre, l'ait replongé dans d'autres plus anciens. Surtout après ce qu'on a vu chez Pappy. Et il y a autre chose que tu dois savoir Prèz, Lauren est décédée de ses blessures. Donc, Kira va devoir vivre avec le fait d'avoir tué sa mère et je ne sais pas du tout quelles conséquences ça va avoir sur elle, m'expliqua Speed, très inquiet lui aussi.

Je restai un instant silencieux, la tête baissée, pour assimiler toutes les informations. Maddie se serra contre moi pour me soutenir.

— Ça va aller mon chéri, ta fille est forte, c'est une battante. Je sais qu'elle ne lâchera rien. Et nous serons là pour l'épauler cette fois, m'affirma Maddie sûre d'elle.

— Merci ma chérie.

— Vous devriez tous aller vous reposer, elle va dormir encore un bon moment, nous prévint Speed.

— D'accord. Pappy, ramène les filles. J'ai des

choses à régler avant de rentrer, demandai-je à mon père.

— Drew ... commença Maddie.

— Non, je te rejoins plus tard ma chérie, lui répétai-je, catégorique.

Elle comprit immédiatement que je ne changerais pas d'avis et vint m'embrasser avant de prendre Callie par le bras, pour se diriger vers la sortie avec Pappy.

— Speed, un moyen de réveiller Ophia ? le questionnai-je, en rage.

— Oui, je prends ce qu'il faut et je viens avec vous. Démon va rester surveiller Kira, avec Andréa et Tyler.

Je hochai la tête, alors que les hommes autour de moi restèrent silencieux en attendant de nous suivre. Dès que Speed nous rejoignit, nous sortîmes du dispensaire, pour rejoindre notre salle d'interrogatoire. Nous ne touchions jamais aux femmes, c'était une de nos règles, mais une chose était sûre, aujourd'hui serait une exception.

Chapitre 17

Tyler

Allongé dans le lit avec Kira, je la tenais dans mes bras, serrée contre moi. Nous étions dans sa chambre au dispensaire, où elle se retrouvait encore une fois. Cela faisait deux jours qu'elle dormait. J'étais hors de moi en sachant qu'elle avait encore souffert, à croire que le destin s'acharnait carrément sur elle. Dès qu'on était arrivé au club et que Maddie nous avait dit qu'il y avait un problème, qu'elle était blessée et qu'elle n'allait pas bien, j'avais couru aussi vite que j'avais pu pour la rejoindre. Mais je ne m'attendais certainement pas à la voir dans cet état. Elle était recroquevillée dans un coin, complètement absente, on aurait dit un animal sauvage. À la voir ainsi, entendre ses cris et appeler son père avec cette voix de petite fille terrifiée, j'avais eu l'impression qu'on me poignardait en plein cœur. Le pire c'était que je n'avais même pas réussi à l'atteindre, j'avais l'impression qu'elle ne m'entendait tout simplement pas. Depuis que Speed avait réussi à l'endormir, je ne l'avais pas quitté. Nous pensions qu'elle se serait réveillée depuis un moment, mais pour l'instant, ce n'était pas le cas. Speed nous avait dit que son esprit avait sûrement besoin de temps et que du coup, son corps s'était en quelques sortes mis en veille, pour récupérer et faire face aux événements. Le problème, c'était que nous n'avions aucun moyen de savoir combien de temps ça allait durer. Andrew était déjà passé plusieurs fois et même s'il essayait de ne rien montrer, je voyais bien à quel point la situation l'avait bouleversée.

Je somnolais depuis plusieurs minutes ou heures, je ne me rendais pas bien compte, quand je sentis du mouvement contre moi. Sur le coup, je ne captais pas trop, mais lorsque j'entendis des gémissements, je me réveillai d'un seul coup alerté. Je regardai ma douce dans mes bras, qui bougeait doucement sa tête et dont les yeux papillonnaient pour essayer de s'ouvrir, tandis qu'une plainte douloureuse s'échappait d'entre ses lèvres.

— Kira, ma belle, est-ce que tu m'entends ? lui demandai-je doucement.

Ses yeux s'ouvrir peu à peu, et se fixèrent instantanément sur moi. Là, je commençai à angoisser, je ne savais pas comment elle allait réagir à ma présence, de plus, j'étais collé à elle dans son lit.

« *Merde, quel con, je n'avais pas pensé à ça !* », me sermonnai-je.

— Tyler ? souffla-t-elle.
— Oui ma belle, c'est moi. Dis-moi comment tu te sens ?
— Mmh ... Qu'est-ce que j'ai ? Qu'est-ce qui s'est

passé ? me demanda-t-elle complètement confuse.

— Tu ne te souviens pas de ... commençai-je surpris.

— De quoi ? paniqua-t-elle aussitôt.

— Ne panique pas ma belle, tout va bien. Je vais juste demander à Speed de venir, ok ? lui demandai-je en récupérant mon portable pour envoyer un rapide message à Speed pour qu'il vienne au plus vite.

Je reposai mon portable, alors que Speed et Démon entrèrent dans la pièce à peine quelques minutes plus tard. Dès que Speed se rendit compte que Kira était de retour parmi nous, je le vis reprendre un air professionnel et concentré.

— Bonjour Kira, bon retour parmi nous. Dis-moi comment tu te sens ? la questionna-t-il sur ses gardes.

— Je ne sais pas ... je ne comprends pas ... dit-elle en regardant un peu partout autour d'elle.

— D'accord, on va commencer par le début. De quoi te souviens-tu ?

— Euh ... j'étais avec Tyler dans sa chambre au club-house, on était en train de ... s'arrêta-t-elle en se raclant la gorge, gênée.

— D'accord, lui dit Speed avec un petit sourire aux lèvres. Est-ce que tu te souviens d'autre chose après ça ?

— Ils sont partis, dit-elle après un long moment à réfléchir. J'étais au bar, je suis partie en courant, pour retourner chez Pappy.

Elle reposa sa tête sur l'oreiller en gémissant de douleur, les yeux fermés.

— Tu as mal à la tête ? lui demandai-je doucement.
— Oui, j'ai l'impression qu'elle va exploser, souffle-t-elle en me regardant.
— Je vais t'injecter un anti-douleur pour te soulager, l'avertit Speed, mécontent qu'elle souffre.

Elle hocha la tête mais se figea quand elle vit la seringue.

— Ophia, elle était là, elle avait une seringue. Elle voulait me paralyser. C'est Lauren ... qui lui a donnée. Elle était là aussi ... n'est-ce pas ? bafouilla-t-elle en commençant à paniquer.
— Eh ma belle, tout va bien. Tu es en sécurité maintenant, essayai-je de l'apaiser en voyant sa respiration s'accélérer.
— Elles voulaient te faire du mal, elles avaient préparé leur coup pour qu'Ophia tombe enceinte de toi. Elles avaient tout prévu. Oh mon Dieu, Lauren allait tuer Maddie, je lui ai sauté dessus et ... et .... merde .... qu'est-ce que ... j'ai fait ? demanda-t-elle, choquée.
— Kira, regarde-moi ma belle, reste avec moi, la suppliai-je en prenant son visage entre mes mains pour ancrer son regard dans le mien. Respire avec moi, tout va bien. Allez ma chérie, respire.

Elle resta immobile en essayant de respirer comme je le lui demandais. Puis, je sentis qu'elle commençait enfin à s'apaiser.

— Je suis un monstre ... comme elle, souffla-t-elle, au bord des larmes.

— Non, tu as fait ce qu'il fallait, quand il le fallait. Tu t'es défendue et tu as protégé les tiens. Nous sommes tous très fiers de toi ma chérie, même si on sait que ça a été très difficile pour toi, lui affirmai-je sérieusement.

— Lauren ... elle est ...je l'ai ...

— Elle ne te fera plus jamais de mal, c'est le principal, déclarai-je d'une voix grave.

Elle hocha de nouveau la tête et la nicha contre mon torse pour pleurer silencieusement. Je resserrai immédiatement mes bras autour d'elle pour la réconforter. Je fis un petit signe de tête à Speed et Démon, qui me firent un signe du menton pour me faire comprendre qu'ils nous laissaient un moment.

Une heure plus tard, une fois Kira apaisée, son père et Maddie nous rejoignirent dans la chambre. Je me relevai du lit pour qu'ils puissent venir la prendre dans leurs bras. Le Prèz souffla de soulagement et vint ensuite me donner une accolade réconfortante, en me remerciant de prendre soin d'elle. Quant à Maddie, elle garda Kira contre elle un long moment. Nous parlâmes tous très peu, nous contentant simplement de rester ensemble, les uns pour les autres. Speed revint nous informer, un peu plus tard, que Kira pouvait sortir du dispensaire aujourd'hui si elle le souhaitait.

— Ce n'est pas contre Pappy mais ... je ne me sens pas ... encore capable ... le chalet ... ça fait deux fois ... et avec Lauren ... bégaya-t-elle soudain, d'une petite voix angoissée.

— Tu t'installes au club-house avec moi, annonçai-je comme un ordre.

— Elle peut s'installer avec nous à la maison si elle le souhaite, me dit le Prèz en grognant et en me fixant les yeux plissés.

— Les gars, pas la peine de vous entre-tuer, je pense que Kira est assez grande pour savoir ce qu'elle veut, intervint Maddie avec un grand sourire.

— Oui. C'est gentil, ta proposition papa, mais j'aimerais rester avec Tyler, si ça ne te dérange pas. En plus, je me sentirais plus en sécurité au club-house sachant qu'il y a toujours les gars autour de moi.

— D'accord ma puce. Tu as peut-être raison, accepta son père, d'une voix radoucit.

— Ok, on va s'occuper de tout ma chérie. Tyler va t'aider à te préparer et t'y emmener. Pendant ce temps, on va aller chez Pappy pour te préparer des affaires et te les apporter chez Tyler. Ça te va, comme ça ? lui demanda Maddie, en prenant les choses en mains.

— Oui, merci Maddie, lui répondit-elle soulagée.

Son père se pencha sur elle pour l'embrasser sur la tempe avant de partir et de nous laisser seuls. Je l'aidai doucement à s'asseoir sur son lit pour la rhabiller. Puis, je passai un bras sous ses genoux et un autre dans son dos pour la soulever et la placer contre moi. Avec sa jambe, il était hors de question qu'elle se blesse encore plus en essayant de marcher. Elle passa tout de suite ses mains bandées de chaque côté de ma nuque, et posa sa tête sur mon torse en inspirant profondément.

> — Je t'aime, me dit-elle d'une petite voix en me regardant avec des yeux brillants d'amour.
> — Moi aussi je t'aime, ma chérie. Si tu savais à quel point je suis dingue de toi, déclarai-je en l'embrassant tendrement sur les lèvres.

Nous sortîmes rapidement du dispensaire, pour nous diriger vers le club-house, et vers ma chambre où Kira avait déjà entièrement sa place. En chemin, nous croisâmes plusieurs de mes frères qui s'empressèrent de venir la saluer et surtout s'informer de son état. Je fus enfin soulagé en la voyant sourire à nouveau. Même si rien n'était gagné, nous étions tous heureux de voir qu'elle faisait face malgré la difficulté. Je sus à cet instant que je ferais tout mon possible pour rendre ma femme heureuse, jusqu'à la fin de mes jours. Et la première chose que j'allais faire, c'était la demander en mariage en plus de lui demander d'être ma régulière.

Quelques jours plus tard

Ce matin, je me préparai pour me rendre à la messe. Je savais que ça n'allait pas être facile, puisque nous devions parler de Kira, de la vidéo, et de tout ce qui s'était passé. Depuis que je l'avais installé chez moi, notre relation n'avait fait que se renforcer et me conforter dans mes choix. Bien sûr, ce n'était pas toujours tout rose, elle faisait des cauchemars qui la réveillaient en hurlant, pratiquement toutes les nuits. Et je voyais bien qu'elle ne supportait pas d'être contrainte de s'en remettre à moi ou aux autres pour se déplacer, ou faire des choses simples à cause de ses blessures qui ne guérissaient pas assez rapidement à son goût. Heureusement, j'étais très joueur et j'arrivais facilement à détourner son attention pour la faire changer d'humeur. Je devais avouer que j'en étais même très fier. Je la rendais accro au plaisir et ça nous comblait tous les deux. J'étais d'ailleurs en train de l'aider à se rhabiller, après l'avoir fait jouir deux fois avec ma bouche, pour lui faire oublier le fait que je devais m'absenter. Maddie et Callie allaient arriver, je leur avais demandé de venir lui tenir compagnie pendant ce temps-là.

— Ce n'est pas juste, tu n'as pas le droit de faire ça pour me faire oublier que je suis énervée, geignit-elle, boudeuse.
— Tu es à moi ma belle et je peux faire tout ce que je veux, lui répondis-je avec un sourire malicieux avant de l'embrasser. Je vais garder ton goût dans ma bouche tout le temps où je serai parti et je te promets de recommencer dès que je reviendrai.
— Mais je n'ai pas besoin de baby-sitter à chaque fois que tu dois me laisser, râla-t-elle en rougissant. Mais bon, si tu veux encore me donner du plaisir quand tu reviens, ça me va. Mais avant que tu partes, me dit-elle espiègle avant d'ouvrir ma braguette et de prendre mon érection massive dans sa main pour la sortir de

mon jean. Moi aussi je veux avoir ton goût sur ma langue.

— Kira ... Oh putain, lâchai-je lorsqu'elle me prit en bouche.

Elle me lécha sur toute la longueur pour ensuite l'insérer au plus profond de sa gorge, alors je ne pus que fermer ma gueule et ressentir toutes les sensations merveilleuses qu'elle m'offrait. Je l'attrapai par les cheveux, sans serrer ni la brusquer, pour lui laisser sa liberté de mouvement. D'une main, elle m'enserra à la base tandis que de l'autre elle joua sensuellement avec mes couilles, faisant monter la pression en moi. Lorsqu'elle accéléra ses vas-et-viens avec sa bouche, je savais que je n'allais pas durer longtemps. Au bout de quelques minutes, je sentis déjà un frisson me descendre le long de la colonne vertébrale, pour se loger directement dans mes bourses pleines. J'essayai de la repousser, en lui tirant légèrement les cheveux pour lui faire comprendre que j'étais prêt à jouir, mais elle m'engloutit encore plus profondément me faisant grogner de plaisir. Au moment où sa langue s'enroula autour de ma verge, je lâchai prise et explosai avec une violence inouïe à longs jets dans sa bouche, au fond de sa gorge, en criant son prénom d'une voix rauque. J'essayai de reprendre ma respiration qui était haletante, tandis que je voyais même des étoiles tellement mon orgasme avait été fort et intense. Une fois revenu à moi, je la fis reculer et l'embrassai avec force lorsque je la vis se lécher goulûment les lèvres. Cette vision était des plus érotique et je n'avais qu'une seule envie, c'était de la baiser jusqu'à n'en plus pouvoir bouger. Manque de bol, nous fument interrompus par des coups frappés à la porte. Je remballai mon matos en grognant d'agacement, alors que Kira rougissait tout en se foutant de ma gueule, morte de rire.

— Tu ne perds rien pour attendre, ma belle, la menaçai-je joueur en l'embrasant une dernière fois avant d'aller ouvrir la porte.
— J'ai hâte de voir ça mon amour, me répondit-elle, effrontément.

Je fis entrer les filles qui s'exclamèrent immédiatement en chœur :

— Ça pue le sexe ici !!!
— Je vous laisse, leur annonçai-je hilare en voyant Kira piquer un fard.

Je fermai la porte et partis rejoindre mes frères, un immense sourire inscrit sur mes lèvres.

Chapitre 18

Kira

Je n'en revenais pas, c'était vraiment très gênant. Il allait me payer ça plus tard. Maddie et Callie se tenaient là devant moi, les bras croisés sur leur poitrine, à me dévisager avec des sourires immenses. Mes joues me brûlaient, tellement j'étais mortifiée.

— Alors comme ça, vous avez fait des cochonneries avant qu'on arrive, dit Callie rieuse.
— N'importe quoi, bafouillai-je en me tortillant sur place.
— Ne nous mens pas ma chérie, ça empeste le sexe ici. Et la couleur de tes joues te contredit, me répondit automatiquement Maddie.
— Bon d'accord, ça va, leur dis-je en soufflant et en levant mes mains au ciel avant de les laisser retomber. On voulait garder un petit souvenir de l'un de l'autre pendant qu'on n'était pas ensemble, débitai-je d'une traite.

— Oh oh oh !!! Il t'a fait jouir avec sa bouche et tu lui as rendu la pareille avec la tienne, s'exclama Callie.

— Putain, Tyler a dévergondé ma petite, s'écria Maddie d'un ton théâtral.

— Oh mon Dieu ! Taisez-vous ! leur demandai-je en cachant mon visage dans mes mains, au comble de l'horreur.

— Ma chérie, me dit doucement Maddie en venant s'asseoir à côté de moi sur le lit et en me prenant les mains pour les garder dans les siennes. On plaisante. On est juste très heureuse que tu puisses t'épanouir ainsi.

— Et tu sais, ajouta Callie en venant s'asseoir de l'autre côté de moi, tu n'as pas à avoir honte. Avec les gars, tu vas devoir t'habituer à entendre ce langage assez cru, rigola-t-elle.

— Oui, ce n'est pas faux, pouffai-je.

Alors que nous nous marrions toutes les trois, je constatai que ce moment était unique pour moi et que ça me faisait beaucoup de bien. Ces deux femmes étaient devenues si importantes dans ma vie et en si peu de temps. Je posai mes mains bandées sur leur bras et les regardai tour à tour avec émotion.

— Je vous aime toutes les deux, déclarai-je la gorge nouée. Depuis que je vous connais vous m'avez apporté tellement d'amour comme de véritables mamans. C'est tout ce dont je rêvais et bien plus encore alors que ... Je ne sais pas comment vous remercier pour tout cela.

— Tu n'as pas à nous remercier ma chérie, me répondit aussitôt Maddie. Je t'ai considéré comme ma fille dès que je t'ai rencontré, et ça ne changera jamais.

— Idem pour moi. Je suis très heureuse que tu sois entrée dans notre vie, tu le mérites vraiment, me dit Callie.

— Merci à toutes les deux. Mais changeons de sujet sinon je vais me remettre à pleurer, leur dis-je des trémolos dans la voix en souriant. Sinon vous savez sur quoi va porter leur réunion aujourd'hui ? demandai-je avec curiosité.

Je vis tout de suite quelque chose passer dans leurs regards lorsqu'ils se croisèrent brièvement. Je me mis aussitôt sur mes gardes, suspicieuse.

— Tu sais les affaires du club, nous ne sommes pas conviées à en savoir plus, répondit évasivement Maddie, en détournant le regard.

— Tu n'as pas à t'en faire Kira, les hommes gèrent les choses, déclara Callie à son tour.

— Mais bien sûr. Dites-moi tout de suite de quoi il s'agit, leur ordonnai-je en les regardants, tout en sachant très bien qu'elles ne me disaient pas tout.

— Kira ... commença Maddie.

— Est-ce que ça me concerne ? les questionnai-je en commençant à comprendre.

— Kira ce n'est pas ....

— Non, réponds-moi Maddie, insistai-je en la fixant.

— Oui. Oui, ça te concerne, me répondit-elle à contre-cœur, en soufflant.

— Et quoi ?

Elles ne me répondirent pas et je réfléchis à toute vitesse pour comprendre ce qui valait la peine de faire une réunion. Connaissant de mieux en mieux ma famille et leurs instincts protecteurs, je fus persuadée de savoir de quoi il retournait.

— La vidéo, lâchai-je. C'est ça ? Ils veulent me venger, affirmai-je, sûre de moi.
— Oui, je crois, me répondit Callie à voix basse.
— Nos hommes ne supportent pas ce qu'ils t'ont vu endurer sur cette vidéo, m'avoua Maddie, en me regardant avec tristesse.
— Bon ok, ça suffit, m'énervai-je en me levant difficilement.
— Kira ? Qu'est-ce que tu fais ?
— Vous allez m'aider à aller à la Chapelle, leur demandai-je.
— Mais ... on n'a pas le droit, cette pièce nous est interdite ... commença Callie en restant bouche bée.
— Il n'y a pas de mais, et interdit ou pas je m'en fou royalement. Si vous ne voulez pas m'aider, j'irai même si je dois ramper pour y arriver. Ils ne sont pas au courant de tout. Je dois mettre un terme à tout ça, déclarai-je en me tournant vers Maddie.

Maddie m'étudia attentivement pendant un moment et finit par acquiescer. Je vis sa détermination dans son regard et je compris qu'elle me soutiendrait quoiqu'il arrive. Callie hocha également la tête et elles me soutinrent chacune sous un bras pour m'aider à marcher, en m'appuyant sur elles.

— On va se faire passer un sacré savon, nous
  informa malgré tout Callie, en grognant.
— Mais non, on les gérera comme d'habitude,
  marmonna Maddie en haussant les épaules.
  Bon, allons-y.

Nous avancions doucement à mon rythme, pour ne pas
rouvrir la plaie de ma cuisse et ce ne fut qu'une fois
arrivées devant la porte de la Chapelle, qu'elles me
relâchèrent tout en restant près de moi. Je pris une
profonde inspiration avant d'ouvrir la porte et d'entrer
dans le sanctuaire des hommes en boitant, Maddie et
Callie me suivant de près, ne m'abandonnant pas. Les
hommes se turent tous immédiatement, en nous
regardant avec des expressions interloquées. Ils
commencèrent à se lever tour à tour tandis que des
jurons s'élevaient autour de moi. Mon père nous
demanda qu'est-ce que c'était que ce bordel, en se
mettant à grogner comme le papa ours qu'il était. Je
restai calme en commençant à parler d'une voix ferme
et sévère pour leur faire comprendre que j'avais mon
mot à dire.

— Cette réunion me concerne si j'ai bien compris,
  donc il est normal que j'y assiste.
— Ma chérie, tu n'as rien à faire ici, m'interpella
  Tyler, d'une voix douce.
— Toi, ne commences pas à me parler avec ta voix
  toute douce pour m'amadouer. Tu ne peux pas
  me faire jouir ici pour me faire taire, l'avertis-je
  furieuse.
— Oh bordel, s'exclama mon père en secouant la

tête préférant sûrement ne jamais entendre ce genre de chose de ma bouche.

— Non, mais je peux te mettre une fessée après pour ton insolence, me lança Tyler avec un grand sourire, surtout quand d'autres gars dans la pièce se mirent à pouffer.

— On réglera ça après toi et moi, le menaçai-je en rougissant d'embarras, mais je continuai tout de même ma tirade. Pour l'instant, ce n'est pas à toi que je parle.

— Et à qui parles-tu ma fille ? me demanda mon père d'une voix grave où je percevais sa colère grimper en flèche.

— C'est au Président des PoS que je m'adresse, mais aussi à mon papa ours qui veut tout prendre en main, mais qui n'est pas au courant de tout, dis-je en m'adressant de nouveau à mon père, les yeux plissés, en croisant mes bras sur ma poitrine.

— Alors, vas-y, je t'écoute, m'invita-t-il en se rasseyant calmement imité par les autres.

Je hochai la tête en faisant le tour de l'assemblée du regard. Puis, pris une profonde inspiration avant de continuer.

— Je suis au courant pour la vidéo. Je sais ce que vous y avez vu. Je suis sûre que tu as demandé à Jasper de l'analyser pour retrouver ces connards, dis-je à mon père qui avait la mâchoire crispée de colère. Jasper qu'as-tu trouvé ? lui demandai-je en continuant à fixer mon père.

— J'ai les noms de ces salauds, mais je n'arrive pas

à les trouver, m'informa-t-il après que mon père lui eut donné l'autorisation de me répondre.

— Et tu ne trouveras jamais rien, affirmai-je.

— Comment peux-tu en être aussi sûre ? demanda Tyler, perplexe.

— Parce que je les ai éliminés un par un jusqu'au dernier et que personne ne retrouvera jamais plus leur corps.

— Quoi ? gronda mon père en même temps que des jurons se firent entendre dans la pièce.

— J'ai vécu quelque chose d'horrible et de cruel, repris-je la voix rauque d'émotion les faisant de nouveau taire. J'ai vécu ma vie dans la douleur, la souffrance et la solitude. Mais ce jour-là, le jour de mon quinzième anniversaire ... a de loin été le pire de toute ma vie.

— Ma puce ... commença mon père dans une plainte douloureuse avant que je le coupe pour continuer.

— Mais j'ai survécu, criai-je presque, avant de reprendre d'une voix moins forte. Une semaine après ce qu'ils m'ont fait, j'ai enfin réussi à m'enfuir. Je me suis reconstruite petit à petit, j'ai fait ce qu'il fallait pour ne plus jamais être cette petite fille vulnérable. Je me suis battue de toutes mes forces pour devenir une guerrière et non plus la survivante de cet enfer. Bon ok, j'ai un peu pété les plombs chez Pappy quand Lauren est venue pour me tuer, mais bon, je pense que c'était mon droit de le faire au moins une fois. En revanche, ce que je ne supporte pas, ce sont vos regards de tristesse, de compassion et de pitié. Oui, j'ai eu une vie merdique, mais je suis ici à présent. Mes rêves les plus fous se sont enfin réalisés. J'ai enfin une famille que j'aime plus que tout, un travail qui me permet de m'épanouir dans ce que j'aime faire le plus, un endroit où je me sens bien et où vous m'avez accueilli pour en faire mon véritable chez moi. Je respire, je ris, je pleure, je m'amuse, je vis enfin.

Je fis une pause pour inspirer profondément avant d'en finir définitivement avec ce chapitre de ma vie.

— Pour mes quinze ans, ils ont violé mon corps, mon intimité, ils ont essayé de me briser aussi bien physiquement que mentalement, mais il y a une chose qu'ils n'ont jamais réussi à atteindre : c'est mon âme. Ils ne me prendront jamais toutes mes premières fois : la première fois que je suis entourée d'une famille aimante, mon premier véritable chez moi, mes premières amitiés, mon seul amour, dis-je en me tournant vers Tyler, ma véritable première fois, mes premiers plaisirs de femme ... tout ça c'est à moi, finis-je ma tirade dans un souffle en mettant mon âme à nue devant eux.

Tout le monde resta silencieux, tandis que je les regardai sans arriver pas à décrypter toutes leurs expressions. Tyler se leva lentement et me rejoignit d'un pas souple sans me lâcher un instant des yeux. Il commençait même à me faire flipper. Lorsqu'il se plaça devant moi, il essuya mes joues avec ses grandes mains, que maintenant je sentis mouillées. Je n'eus pas le temps de réagir qu'il me souleva déjà par la taille pour me plaquer contre lui et m'embrassa sauvagement jusqu'à en perdre haleine. Lorsqu'il s'écarta enfin, je restai bouche bée et sans voix.

— Tu es magnifique ma chérie. Je t'aime plus que tout et tu viens une fois de plus de nous prouver à tous, à quel point tu es exceptionnelle. Et c'est pour une de ces raisons que dès le début de cette messe, j'ai officiellement demandé à ton père, ton oncle et ton grand-père, la permission de demander ta main, en plus de devenir ma régulière aux yeux de mes frères.

— Quoi ? m'exclamai-je en étouffant un sanglot de bonheur, tout en n'osant pas y croire.

— Je veux que tu deviennes ma femme et ma régulière, ma belle. Je veux passer le reste de ma vie à tes côtés, me déclara Tyler les yeux remplis d'amour et d'espoirs.

— Oh mon Dieu ! criai-je devant cette bouleversante déclaration.

— N'allons pas jusque-là, pouffa-t-il avec son sourire de sale gosse.

— Tyler, le réprimandai-je en pouffant moi aussi.

— Alors, qu'est-ce que tu en dis ? me demanda-t-il perdant un peu de son assurance.

— Je dis ... oui, oui, oui et milles fois oui. Je te veux et je t'aime tellement, lui dis-je avant de lui sauter dessus à mon tour pour l'embrasser comme si ma vie en dépendait.

J'entendis des explosions de joie, des sifflements et des

applaudissements juste derrière moi. Je relâchai alors Tyler et me retournai pour faire face à mon père qui s'était avancé près de nous. Il me prit dans ses bras pour me serrer fort contre lui.

> — Je crois que je n'oublierai jamais cette messe de ma vie pour de nombreuses raisons, me glissa-t-il à l'oreille. Je veux juste que tu saches à quel point je suis fier de toi et fier d'être ton père. Tyler a raison ma puce, tu es magnifique et exceptionnelle. Tout ce qui m'importe, c'est ton bonheur, mais n'oublies jamais que quoiqu'il arrive, je serai toujours là pour toi.

Il m'embrassa sur la tempe avant de me relâcher pour me jeter dans les bras des uns et des autres, sans compter que, Maddie et Callie pleuraient comme des madeleines à côté de moi. Seulement, après ce moment fort en émotion, et me voyant chanceler de plus en plus à cause de ma blessure à la jambe, Tyler me porta dans ses bras et demanda l'autorisation à mon père pour me reconduire dans sa chambre. Une fois seul tous les deux dans son antre, nous passâmes les heures suivantes à nous aimer et à faire l'amour encore et encore avec passion, jusqu'à l'épuisement.

Chapitre 19

Tyler

Six mois plus tard

Je bossais avec Pappy, Andrew et Lenny pour finir notre chalet à temps. Dans deux semaines, j'allais enfin épouser la femme de mes rêves. Bien qu'elle fût déjà ma régulière, je voulais absolument qu'elle m'appartienne entièrement en portant mon nom, et il me semblait qu'elle avait besoin de ça pour tirer un trait définitif sur son passé. Ces six derniers mois n'avaient pas été de tout repos, mais je n'avais jamais été plus heureux qu'avec elle. Son irruption à la Chapelle, pendant notre messe, avait mis sur le cul tous mes frères, mais son discours nous avait vraiment tous retourné et nous avait donné une bonne leçon sur le courage. Je n'avais pas prévu de faire ma demande de cette manière, ce jour-là, mais tout compte fait c'était le moment idéal pour nous. Une semaine plus tard, le Prèz avait officialisé son statut de régulière lors d'une grande fête organisée au club. Mais pour le mariage, les femmes avaient mis des conditions pour qu'elles aient le temps de tout organiser. Et un autre problème c'était posé, notre logement. Ma chambre au club-house convenait très bien tant que c'était provisoire, et chez Pappy, c'était devenu impossible depuis les attaques. Alors j'avais décidé de franchir le pas et de bâtir un chalet près de notre famille, pour enfin avoir notre propre foyer et surtout notre intimité. Du coup, après en avoir parlé avec Kira nous avions décidé de nous marier dès qu'il serait terminé. Nous emménagerions le jour même de notre mariage, pour marquer notre nouvelle vie ensemble.

« *Putain, je suis en train de virer fleur bleue* », me dis-je en me foutant de moi-même.

Heureusement pour nous, tout le monde avait mis la main à la pâte. Avec les gars, nous finissions les finitions en ce moment même, pour laisser la place aux femmes, pour la décoration et tout le reste. On sera juste engagé pour nos gros bras pour porter les meubles et le reste. Il fallait aussi tenir Kira à distance jusqu'au mariage pour lui faire la surprise, car je voulais absolument qu'elle découvre notre maison pour notre nuit de noce.

« *Non, vraiment, cette femme est en train de me transformer en guimauve* », me dis-je en secouant la tête.

Aujourd'hui, elle était partie travailler au salon avec Kyle. Il me tardait aussi de reprendre le boulot avec elle, il fallait dire que j'avais été bien occupé ces derniers temps, mais ce qui ne changeait pas, c'était la façon dont nous nous accordions tous les deux. Et je savais avec certitude que ce n'était pas près de changer. J'avais l'impression que je l'aimais chaque jour un peu plus. Si on m'avait dit, il y avait quelques mois, que ma vie allait changer à ce point, il était évident que je me serais bien marré en n'en croyant pas un mot. En revanche, ça n'avait pas été facile pour elle. Elle avait beau se montrer forte, je n'oubliais jamais à quel point elle pouvait être vulnérable sous sa carapace. Je le voyais immédiatement dans ses yeux quand quelque chose la déstabilisait ou n'allait pas, j'arrivais à lire toutes ses émotions dans son regard. Et ces derniers mois, j'y avais souvent vu de l'incertitude. Pas par rapport à ces sentiments pour moi ou des miens envers elle, mais plutôt sur qui elle était réellement. Elle avait encore du mal à se faire confiance. Tout ce qu'elle avait vécu dans sa vie favorisait sa peur de l'inconnu, et les séquelles qu'elle gardait au fond d'elle ne partiraient malheureusement pas du jour au lendemain. J'essayais de l'épauler encore plus dans ces moments-là, mais la solitaire qu'elle avait été toute sa vie refaisait souvent surface. Malgré tout, elle continuait à avancer face à ses démons et me montrait à chaque instant combien elle m'aimait et me faisait confiance. Toutes les petites attentions qu'elle avait envers moi, ses petits regards remplis d'amour, les petits sourires qu'elle m'offrait même quand elle était triste, sa façon qu'elle avait de se blottir contre moi quand elle ne se sentait pas bien, ou encore la façon dont nos corps s'accordaient quand nous nous enlacions ou que nous faisions l'amour, tout ça me prouvait à quel point j'avais trouvé mon trésor, et que je le chérirais toute ma vie. Nous avions juste une ombre au tableau que nous n'arrivions pas à chasser. Ce qu'elle avait subi plus jeune avait laissé des cicatrices et selon les médecins qu'elle avait vu à l'époque, elle ne pourrait pas avoir d'enfants. J'avais bien essayé de la rassurer, de lui expliquer que peu importe enfants ou pas, cela n'avait aucune importance pour moi, et que si c'était ce qu'elle désirait, nous ferions tout ce qui était en notre pouvoir pour y parvenir, même s'il fallait en passer par l'adoption, ce n'était pas un problème pour moi non plus. En plus ça faisait une dizaine d'années donc, avant de se mettre quoi que ce soit en tête, il serait bon de consulter de nouveau un spécialiste. Malheureusement, la discussion sur le sujet était encore trop difficile pour elle, alors nous en reparlerions le moment venu et je continuerais à l'épauler comme je le faisais.

« *Ouais, je crois que je suis vraiment fou ... fou d'elle surtout* », me dis-je heureux.

Je revins au présent lorsque Andrew, Lenny et Pappy revinrent dans la pièce pour poser leurs matériels. Je les rejoignis pour faire de même. Ça y était, nous avions enfin fini, il ne manquait plus que les meubles et la décoration. Je fronçai les sourcils en regardant l'heure et sortis mon portable pour voir si j'avais des appels. Il était déjà tard et je n'avais aucune nouvelle de Kira ce qui ne lui ressemblait pas. Je l'appelai immédiatement plusieurs fois, mais sans aucun résultat. Idem pour Kyle.

— Quelqu'un à des nouvelles de Kira ou de Kyle ? demandai-je en commençant à avoir un mauvais pressentiment.
— Qu'est-ce qu'il y a Tyler ? me demanda

immédiatement Andrew et Pappy d'une même voix en se figeant sur place.

— Je ne sais pas. Je n'ai aucune nouvelle depuis un bon moment et quand j'essaye de les joindre ça ne répond pas, leur expliquai-je, angoissé à présent.

— Tu as essayé d'appeler directement au salon ? me demanda aussitôt Lenny sur le qui-vive.

Je composai tout de suite le numéro mais la sonnerie retentit sans aucune réponse.

— Je ne le sens pas là, lâchai-je sur les nerfs.

— Ok, on y va. Lenny appelle quelques frères, on débarque au salon tout de suite, ordonna le Prèz sur ses gardes face à la situation.

Nous laissâmes tout en plan au chalet pour nous diriger immédiatement vers nos motos. Ces derniers mois avaient été plutôt calmes mais nous n'oublions pas qu'il y avait encore la menace de Spencer Davis qui planait au-dessus de nos têtes. Finalement, nous étions une dizaine à partir en trombe du parking pour nous diriger vers mon salon en ville, pour voir ce qu'il se passait.

Arrivés sur place, je vis tout de suite que la moto de Kyle n'était plus là. Je descendis pour entrer dans mon salon suivi des gars, alors que la porte n'était même pas verrouillée. Je restai sur mes gardes et sortis automatiquement mon flingue en avançant en silence. Cependant, il n'y avait personne. Je jetai un œil dans chaque pièce, ce qui fut assez rapide, jusqu'à ce que j'entende des jurons étouffés et des coups sourds répétés. Nous nous dirigeâmes vers la source du bruit qui venait de la réserve. J'essayai d'ouvrir, mais la porte était fermée à clé alors que celle-ci était de mon côté.

« *Ok de plus en plus bizarre* », me dis-je en fronçant les sourcils.

Je me retournai vers le Prèz et Lenny qui me regardèrent avec la même expression, en haussant les épaules. Après un hochement de tête général, je déverrouillai la porte et l'ouvris. Nous braquâmes immédiatement nos flingues vers la forme qui se tortillait au sol.

— Putain, vous êtes obligés de me braquer comme ça ? gueula aussitôt Kyle, énervé.
— Bah merde, qu'est-ce que tu fous saucissonné par terre mon fils ? lui demanda Lenny, surpris.
— Qui t'a fait ça Kyle ? lui demanda Andrew pendant que Lenny sortait un couteau pour le détacher.
— Ça ? Ça ? Ça, c'est ta fille. Elle m'a assommé, m'a traîné jusqu'ici, m'a ligoté comme un putain de rôti et m'a enfermé dans ce placard à balais, lui répondit-il, hors de lui.

Et là, ce fut plus fort que nous, nous explosâmes tous de rire, même si ce n'était vraiment pas le moment. Kyle se releva enfin débarrassé de ses liens, rouge de honte.

— Ok, ok, reprit le Prèz en se calmant. Et le but c'était quoi ?
— Elle m'a dit que c'était pour me protéger, dit-il en rageant.
— Comment ça ? lui demandai-je en reprenant

tout de suite mon sérieux et en me rapprochant de lui les poings serrés et les mâchoires crispées.

— Elle a vu quelqu'un dehors, elle a regardé partout autour d'elle comme si elle cherchait quelque chose, alors quand j'ai regardé moi aussi, j'ai reçu un coup sur la tête. Je n'ai pas perdu connaissance mais j'étais bien sonné. Elle a commencé à marmonner pleins de trucs en se parlant à elle-même, tout en me saucissonnant. Puis, elle m'a regardé et m'a dit qu'elle allait mettre un terme définitif à tout ça. Qu'elle allait l'attirer aux entrepôts au nord de la ville, nous expliqua-t-il en faisant les cent pas. Ah oui et elle est armée, elle a pris mon arme.

— Putain mais qu'est-ce qu'elle avait dans la tête ? hurlai-je. Vous pensez que c'est Spencer ?

— Je pense, mais comment voulait-elle l'attirer là-bas ? nous demanda le Prèz, pensif.

— Bordel, ta moto Kyle. Elle n'est plus là, répondis-je inquiet.

— Quoi ?!? Elle a pris mon bébé ? hurla-t-il en se dirigeant vers le comptoir pour chercher ses clés sans résultats. Bordel de merde, elle a vraiment pris ma bécane, dit-il estomaqué. C'est bien ça que j'ai entendu tout à l'heure.

— Ce n'est pas le plus important pour l'instant. Depuis combien de temps est-elle partie, Kyle ? lui demanda Andrew avec urgence.

— Pas important ? dit-il en se reprenant rapidement en entendant notre Prèz se mettre à grogner. Euh ... une demi-heure maxi je dirais.

— Je l'ai Prèz, j'ai le traceur de la bécane de Kyle en visu sur l'écran, nous interrompit Jasper qui était déjà sur son ordi. Putain, siffla-t-il. Eh ben, elle sait conduire la petite, observa-t-il admiratif.

— Comment ça ? demandons-nous tous en cœur, surpris, en nous rapprochant de l'écran.

Ce que nous vîmes sur l'écran, nous laissa une fois de plus sur le cul. Le point que nous suivions du regard zigzaguait avec aisance dans les rues étroites et accélérait à une vitesse folle en ligne droite.

— Elle se dirige bien vers les entrepôts mais elle a dû tourner en rond un moment pour gagner du temps, sinon elle y serait déjà, nous informa Jasper.

— Ok. Jasper et Kyle vous restez ici et vous restez en ligne avec nous pour nous informer. Les autres on se dirige rapidement vers les entrepôts, c'est là-bas qu'elle va.

— Mais c'est ma bécane alors pourquoi je dois rester ici ? lui demanda Kyle avec une moue horrifiée.

— Justement, c'est ta bécane, ce qui veut dire que tu es à pied, lui répondit le Prèz agacé. Allez, en route, ordonna-t-il ensuite.

Nous nous dirigeâmes rapidement vers la sortie pour récupérer nos motos, pour rejoindre au plus vite notre destination. Une fois arrivés près du site, nous nous garâmes sur le bas-côté pour continuer à pied afin de ne pas être repérés. Jasper venait de nous signaler que la moto de Kyle n'avait pas bougé depuis dix minutes et qu'elle était garée derrière le bâtiment. En nous rapprochant, j'aperçus une autre moto garée devant. Nous nous déplaçâmes donc en silence jusqu'aux portes. Nous nous préparions à entrer lorsque nous entendîmes des hurlements de douleur. Je ne réfléchis pas et défoncer immédiatement la porte pour entrer. Seulement, une fois à l'intérieur ce fut le choc, tandis que nous nous figeâmes tous sur place.

— Bordel, je crois que je vais lui mettre une bonne fessée pour m'avoir fait aussi peur, grogna le Prèz à côté de moi en secouant la tête, dépité. Depuis qu'elle est entrée dans ma vie, je crois que j'ai pris vingt ans d'un seul coup, déclara-t-il en soufflant un bon coup.

— Ne t'inquiète pas, Prèz, c'est moi qui vais lui mettre cette fessée quand j'aurai digéré ce que je vois là. Sans compter que ma femme conduit des bécanes comme une pro sans me l'avoir dit, grognai-je à mon tour.

— Bon, ce n'est pas qu'on s'ennuie les gars, mais si vous arrêtiez un peu de faire la causette pour vous occuper de Kira, nous demanda Lenny amusé, les bras croisés sur son torse.

Nous nous regardâmes en grimaçant quand elle planta de nouveau la lame de son couteau dans la cuisse de son prisonnier.

— Le pire c'est qu'elle a l'air de beaucoup s'amuser, nous fit remarquer Speed avec un grand sourire.

— Tu as intérêt à faire gaffe à tes fesses mon frère, je serais toi, j'éviterais de la contrarier, me conseilla Démon, mort de rire.

— Bon Tyler, tu t'occupes de Kira pendant qu'on s'occupe de cette merde, m'ordonna le Prèz.

— Pourquoi moi ? lui demandai-je, réticent à faire face à une Kira en mode guerrière.

— C'est ta régulière et ta future femme donc c'est toi qui t'y colles, déclara le Prèz en haussant les épaules, l'air vraiment très amusé maintenant.

— Mais c'est TA fille, le contrai-je avec espoir.

— Arrête de faire l'enfant et porte tes couilles, gamin, me répondit-il avec un sourire joyeux.

Je soufflai un coup en grimaçant et je décidai d'aller stopper ma dulcinée dans son délire. Malgré tout, je ne pus m'empêcher de la regardai faire un petit instant avec fierté. La Kira que je voyais devant moi me faisait bander à la limite du supportable. J'avais hâte de la ramener à la maison pour lui donner la fessée qu'elle méritait et lui faire l'amour de toutes les manières possibles.

Chapitre 20

Kira

J'en avais enfin fini avec mes démons. Quand j'avais vu Spencer devant la boutique, j'avais immédiatement su que je devais mettre un terme à tout ça. Il était mon dernier cauchemar, alors je n'avais pas hésité. Bon, je n'étais pas forcément obligée d'assommer Kyle et de lui piquer sa moto, mais sur le coup je n'avais rien trouvé de mieux, et c'était pour son bien, pour qu'il reste en sécurité. Et puis conduire sa bécane, même si elle était un peu grande pour mon petit gabarit, je devais bien avouer que c'était le pied. J'avais fait tourner Spencer en bourrique pour gagner du temps avant de l'entraîner vers les entrepôts. Cet abruti, imbu de lui-même, ne s'était même pas méfié une seule seconde. Lorsqu'il avait passé la porte pour entrer, je l'avais violemment assommé avec une planche de bois et une fois ligoté à la chaise avec des câbles, quelques claques avaient suffi à le réveiller. On ne pouvait pas dire qu'il ait beaucoup apprécié, d'ailleurs. Néanmoins, ce qui m'avait emplie de joie, avait été ses hurlements de douleur quand je lui avais planté sa propre lame plusieurs fois dans les cuisses. Cette petite séance de torture m'avait réellement libéré du reste d'emprise qu'il avait sur moi et de tout ce qu'il m'avait fait subir toutes ces années. Mes hommes avaient même pu assister au spectacle. Justement en parlant d'eux, je vis l'amour de ma vie se rapprocher de moi tel un prédateur prêt à bondir sur sa proie. Il avait son éternel petit sourire en coin super sexy, et j'avais carrément l'impression qu'il allait me dévorer toute crue.

— Bonjour ma chérie, me dit-il de sa voix grave.
— Bonjour mon amour, lui susurrai-je d'une voix éraillée.
— Est-ce que tu as fini de te défouler ? me demanda-t-il en m'enlaçant par la taille tout en mettant une main derrière ma nuque. On doit rentrer au plus vite, ma belle, sinon je crois bien que je vais te baiser ici même.
— Mon grand méchant biker est excité on dirait, l'aguichai-je d'une voix sensuelle pour entrer dans son jeu.

Il se jeta littéralement sur mes lèvres pour m'embrasser sauvagement, jusqu'à ce que des grognements se fassent entendre tout autour de nous. Nous nous séparâmes rapidement pour faire face à mon père.

— Ma fille, est-ce que tu veux que je fasse une crise cardiaque ? intervint sévèrement mon père.
— Je suis désolée papa. Je ne voulais pas vous inquiéter. Il fallait que j'en finisse une bonne fois pour toute. Que je tourne enfin la page en

achevant mon dernier démon, lui expliquai-je d'une petite voix.

— Je comprends ma puce. Mais maintenant, terminées les conneries, m'avertit-il d'une voix grave.

— Oui, papa. Terminé, j'en ai enfin fini avec tout ça, lui assurai-je.

— Allez, filez tous les deux, on s'occupe du reste. Et tu as intérêt à ramener rapidement sa bécane à Kyle, nous ordonna-t-il avec un petit sourire moqueur.

Tyler me prit par la taille et nous conduit rapidement vers les motos.

— J'ai un programme chargé pour toi ce soir, dès qu'on sera rentré, m'informa-t-il à voix basse.

J'écarquillai les yeux ne sachant pas trop à quoi m'attendre. Il ne m'en dit pas plus, et me souleva d'un seul coup avec ses bras musclés pour me poser à califourchon sur la moto de Kyle.

— Je crois que tu sais conduire non ? grogna-t-il avec un petit sourire amusé. Alors direction le club, ma belle, je te suis.

Excitée, je démarrai la moto avec un immense sourire aux lèvres et rejoignis Tyler à côté de la sienne. À son signal, je pris la route à ses côtés, heureuse d'être enfin libre, tout en me sentant libérée d'un poids immense. Nous fîmes tout de même plusieurs détours, profitant de la soirée, avant de rentrer. En revanche, je ne m'attendais pas à passer une nuit aussi érotique et passionnée, une fois rentrée au club. Tyler m'avait d'abord prise en levrette, et j'avais eu le droit à une fessée, comme punition pour lui avoir fait peur. Pour ma part, à chaque fois que sa main s'était abattue sur mes fesses, étonnamment, il n'avait fait que décupler mon plaisir. Puis, il m'avait réveillé plusieurs fois, pour refaire l'amour mais de manière différente à chaque fois. Il m'avait prise doucement, rapidement, avec urgence, et dans des positions différentes.

Deux semaines plus tard

Ces deux dernières semaines avaient été riche en émotion. Je m'étais jetée à fond dans les préparatifs de notre mariage. Tyler avait travaillé au salon la plupart du temps et nous nous retrouvions chaque soir, mais j'avais vraiment hâte d'en finir avec ce mariage pour enfin retourner travailler avec lui. C'était le grand jour aujourd'hui, tout était prêt, tous les invités étaient présents, même Daryl, Duke et plusieurs de leurs frères avaient fait le trajet pour y assister. Maddie, Callie et Andréa venaient de me laisser. Elles m'avaient aidé à m'habiller, me maquiller et me coiffer. J'avais choisi une robe longue ivoire assez simple, avec un style bohème. Callie avait glissé des petites fleurs blanches dans mes cheveux longs bouclés. Avec Tyler nous avions opté pour la simplicité.

Je sortis de mes pensées lorsque j'entendis qu'on frappait à la porte. Lorsque je vis mon père entrer dans la pièce, je constatai immédiatement à quel point il était ému. Il s'approcha de moi pour me serrer dans ses bras et m'embrassa tendrement sur la tempe comme à son habitude.

— Tu es magnifique ma puce, me glissa-t-il à l'oreille d'une voix tremblante. Je suis si fier de toi, me souffla-t-il.
— Merci papa. Si tu savais comme je t'aime, lui dis-je, les larmes aux yeux.
— Je le sais ma puce. Je le sais. Bon, tu es prête ?
— Oui je suis prête, confirmai-je en prenant une profonde inspiration.

Il me tendit son bras que je pris, puis il plaça affectueusement sa main sur la mienne. Nous sortîmes ensuite d'un pas lent pour rejoindre l'amour de ma vie qui m'attendait dehors, accompagné de mon grand-père qui allait officier la cérémonie. Au moment où Tyler m'aperçut, lorsque nous avancions parmi les invités, je vis tout un panel d'émotion traverser son regard. Il m'observa de la tête aux pieds, bouche bée. Puis, en arrivant prêt de lui, mon père lui offrit ma main qu'il prit respectueusement, avec une grande douceur. Après ça, nous ne nous lâchâmes plus une seule seconde du regard, enfermés dans notre bulle tous les deux. J'entendis vaguement Pappy parler et nous répondîmes uniquement quand il nous posa LA question. Puis, vint le moment où il nous présenta comme Mr et Mme Williams, en tant que mari et femme. Tyler en profita immédiatement pour m'embrasser avec passion, sous les applaudissements, les sifflements et les cris de notre grande famille.

Au fil de la soirée, nous avions eu le droit aux félicitations, aux blagues douteuses, et bien sûr aux chamailleries habituelles. Puis, à un moment donné, Tyler décida de m'offrir son cadeau de mariage, ce qui nous permit d'en profiter pour nous éclipser discrètement. Il me prit la main pour nous conduire dans notre nouveau chez nous, notre foyer, notre chalet. Avant que je puisse passer la porte, il me souleva dans ses bras pour passer le seuil. Je n'eus cependant pas vraiment le temps d'observer les lieux, qu'il monta déjà les escaliers pour nous conduire à ce que je pensais être notre chambre.

— Pressé, mon amour ? lui demandai-je.
— Oh que oui. Je n'en pouvais plus. Depuis tout à l'heure, je ne rêve que d'une chose, te retirer cette robe pour pouvoir dévorer ton corps, me dit-il d'une voix rauque en me reposant au sol pour me remettre debout devant lui.

Il me retourna doucement pour faire glisser la fermeture de ma robe le long de mon dos, puis passa délicatement ses doigts dans les bretelles pour les écarter afin que le tissu glisse le long de mon corps. Il accrocha mon string au passage pour qu'il suive rapidement le même chemin. Ses mains remontèrent ensuite sur mes courbes, jusqu'à ma poitrine déjà nue et il se pencha doucement sur moi pour me dévorer le cou. Mon souffle accéléra lorsqu'une de ses mains descendit sur mon ventre pour aller encore plus bas entre mes cuisses. J'étais déjà trempée d'excitation, ce qui lui facilita le passage pour me pénétrer d'un doigt, avant qu'un deuxième ne s'immisce en moi. Mais je grognai de frustration à chaque fois qu'il s'interrompit lorsque je m'approchais du précipice.

— S'il te plaît mon amour, le suppliai-je, au bord du gouffre.
— Je veux que tu jouisses quand je serais en toi pour cette fois, m'annonça-t-il dans un souffle.
— Alors vas-y, je n'en peux plus, j'ai besoin de toi Tyler, gémis-je en plaçant mes mains sur le matelas et en me cambrant pour que mes fesses se frottent contre son entrejambe déjà dure.

Malgré lui, il ne put résister à cette invitation. Il s'empressa de se déshabiller et vint se positionner derrière moi en m'attrapant par les hanches. Je sentis avec impatience son sexe imposant se presser à l'entrée du mien, puis criai de plaisir et de soulagement lorsqu'il s'enfonça enfin en moi jusqu'à la garde.

— Tyler bouge, me plaignis-je, alors qu'il restait immobile en attendant que je m'adapte à lui.
— Tu veux que je te prenne comment la première fois, ma chérie ?
— Vite et fort Tyler. J'en ai besoin, s'il te plaît mon amour, le suppliai-je encore.
— Accroche-toi ma belle, ça va être rapide, m'avertit-il.

Il se mit immédiatement à bouger, alors qu'à chaque coup de boutoir, il se retirait pour revenir avec plus de force au plus profond de moi, ce qui me fit rapidement haleter et crier de plaisir. Il accéléra ainsi la cadence en me prenant vite et fort comme je le souhaitais, alors que mon orgasme montait crescendo, jusqu'à me faire hurler de plaisir quand l'orgasme me terrassa par surprise avec une violence inouïe, le serrant fort dans mon fourreau brûlant et trempé. Cela lui fit complètement perdre la tête, et quelques secondes plus tard, il s'immobilisa également en grognant mon prénom, tout en se déversant au plus profond de moi. À bout de force, je m'écroulai sur le matelas, haletante et en sueur. Je le sentis se retirer doucement, me faisant gémir au passage, puis il m'installa contre lui dans notre lit, en me serrant fort dans ses bras, comme s'il ne voulait plus jamais me laisser partir.

— Je t'aime mon amour, lui dis-je en sentant mes paupières se fermer.
— Moi aussi je t'aime ma chérie. Dors un peu, tu vas avoir besoin de toutes tes forces quand je te ferais de nouveau l'amour tout à l'heure. Cette fois ça sera doux et lent. Je vais dévorer chaque parcelle de ton corps.
— Hum ... des promesses toujours des promesses, le taquinai-je joueuse.

Mais le lendemain, je pouvais affirmer qu'il avait tenu sa promesse. Notre nuit avait incontestablement été la plus belle de toute ma vie. Elle était juste parfaite.

Je savais bien que le monde n'était pas tout beau tout rose et que notre vie ne serait pas toujours féérique. J'étais bien placée pour le savoir. Mais ces moments-là, resteront à jamais gravés en moi. Lorsque je repensais à tout ce qui s'était passé en quelques mois, je n'aurais jamais pensé que le destin m'offrirait tout ce que je désirais depuis si longtemps.

Épilogue

Kira

Quatre mois plus tard

Je me réveillai doucement et constatai immédiatement que j'étais seule. Tyler était parti de bonne heure ce matin pour les affaires du club. À ce que j'avais pu comprendre, un nouveau club leur posait des problèmes dans leurs activités pas très légales. Je n'en savais pas beaucoup plus, mais c'était ça aussi la vie du club. Je me levai et me préparai rapidement et une fois prête, je descendis déjeuner. Vu que je n'allais pas travailler aujourd'hui, j'avais décidé d'aller au club-house pour aider Maddie et Callie à faire le grand ménage. Une demi-heure plus tard, je les rejoignis donc au bar. Elles étaient déjà à l'œuvre alors, après les salutations d'usage, je me mis moi aussi au travail. Il n'y avait pas beaucoup de gars présents, à part mon père, Lenny et Pappy qui étaient dans le bureau au-dessus du bar, l'endroit était assez désert. Je travaillai en silence dans mon coin mais au bout d'une heure, j'avais l'impression que toutes mes forces m'abandonnaient déjà. Depuis plusieurs semaines, je ne me sentais pas bien du tout, j'avais perdu du poids, j'étais constamment épuisée, et j'avais souvent des douleurs intenses dans le ventre qui me pliaient en deux. Mais j'avais tellement peur que le destin me reprenne ma nouvelle vie que j'aimais tant pour me renvoyer en enfer en m'annonçant que j'étais malade, ou que j'avais des séquelles de tout ce que j'avais vécu par le passé, que je n'avais rien dit, à personne, en gardant ça pour moi. Je respirai un bon coup et essayai de faire bonne figure en m'activant de nouveau, mais cette fois mon corps ne voulut plus me suivre. Ma tête se mit à tourner, et je chancelai dangereusement avant de m'effondrer au sol. Maddie se mit à crier et me rejoignit immédiatement.

— Kira ? Kira, qu'est-ce qui t'arrive ma chérie ? me demanda-t-elle avec urgence.
— Je ne me sens pas très bien, lui soufflai-je.
— Callie, vas chercher Andrew à l'étage, lui ordonna-t-elle.
— Ça va aller Kira. Les hommes vont arriver, me dit-elle d'une voix douce en me caressant les cheveux.

Les hommes de ma famille débarquèrent rapidement en courant pour s'agenouiller à côté de moi.

— Qu'est-ce qui t'arrive, ma puce ? m'interrogea mon père inquiet en me prenant la main, alors que Maddie lui répondit aussitôt à ma place.
— Elle s'est effondrée d'un seul coup. Elle nous a dit qu'elle ne sentait pas bien.

— Ok, on va au dispensaire tout de suite, annonça-t-il d'une voix caverneuse.

— Je suis juste fatiguée, lui dis-je dans un souffle alors qu'il me soulevait déjà dans ses bras pour m'y emmener.

— Ce n'est pas normal ma puce. Speed est au dispensaire, il va t'ausculter pour nous dire ce qu'il se passe.

— D'accord, papa, capitulai-je en fermant les yeux d'épuisement.

Le trajet fut rapide, tandis que mon père m'avait gardé serré contre lui pendant tout ce temps, me portant comme si je ne pesais rien. Quand nous débarquâmes au dispensaire, Speed se précipita immédiatement vers nous pour prendre les choses en main, alors que les autres lui expliquèrent la situation. Il m'installa dans la salle d'examen où mon père me déposa doucement sur la table, avant de sortir pour laisser Speed travailler. Il me posa plusieurs questions auxquelles je répondis du mieux que je le pus. Au milieu de l'examen, Tyler débarqua en trombe dans la pièce, affolé. Notre famille avait dû le prévenir, ce qui m'apaisa un peu. Il posa aussitôt son regard sur moi et me prit la main pour ne plus la lâcher. Speed continua l'auscultation et décida de me faire une échographie de mon ventre pour voir d'où me venaient ses douleurs persistantes.

— Pourquoi tu ne m'as rien dit ma chérie ? me reprocha Tyler, l'air grave.

— Je ne voulais pas t'inquiéter et j'avais peur, lui soufflai-je, les larmes aux yeux.

Il m'embrassa tendrement alors que Speed remontait

mon tee-shirt, et déposait du gel sur mon ventre pour ensuite y poser une espèce de sonde. Il la déplaça lentement en observant un écran.

— Bah merde, lâcha-t-il au bout d'un moment, les yeux écarquillés de surprise.
— Quoi ? Qu'est-ce qu'il y a ? lui demanda Tyler complètement paniqué, à présent.
— Le mieux c'est que je vous fasse écouter.

Je ne compris pas ce qu'il voulait dire jusqu'à ce qu'un son emplisse la pièce. Je lâchai un hoquet de surprise, tandis que Tyler, lui, se redressa brusquement en fronçant les sourcils.

— Putain, c'est bien ce que je crois ? demanda-t-il sur ses gardes.
— Oui, c'est bien ce que tu crois, rigola Speed. Tu vas être papa mon vieux.
— Oh mon Dieu, mais ce n'est pas possible, dis-je une main sur ma bouche, les larmes coulant le long de mon visage. Un bébé ? Il ... il va bien ?
— Tu viens d'avoir la preuve que c'est possible. Laisse-moi tout vérifier. Je te dis ça tout de suite, me demanda Speed de nouveau concentré comme nous, sur l'écran.

Ce que nous y observions était juste magique. Nous ne comprenions pas tout, mais nous pouvions voir notre bébé. Speed se tourna de nouveau vers nous en posant sa sonde sur l'appareil et me tendit un linge pour m'essuyer le ventre.

— Bon, première chose ils sont en bonne santé.
— Ils ? l'interrogea Tyler les yeux écarquillés.

— Oui, « ils » au pluriel. Kira, tu attends des jumeaux, m'annonça Speed avec un grand sourire. C'est très courant dans les familles où il y en a déjà. Deuxième chose, il va falloir que tu te ménages et que tu reprennes des forces ma belle. Tu as fait un déni de grossesse vu que tu pensais ne pas pouvoir être enceinte un jour. Les bébés ont puisé dans tes réserves. Je vais te faire une prise de sang pour confirmer la date de conception mais je dirai que tu en es au moins à trois mois.

— Mais, elle n'a pas l'air enceinte, elle a même perdu du poids, intervint Tyler en état de choc.

— Maintenant qu'elle est au courant, son corps va beaucoup changer en peu de temps, donc je vais te donner des vitamines pour la grossesse, mais je pense que le mieux c'est que tu restes couchée au moins les deux prochaines semaines le temps que ton corps se remette et s'habitue à la situation. Et surtout aucun effort physique, tu dois écouter ton corps, tu dors dès que tu es fatiguée, tu manges quand tu as faim. Je te reverrai dans deux semaines, mais avant ça s'il y a le moindre problème, que tu as des doutes ou que tu as des questions, tu n'hésites pas, ok ?

— Ok, lui soufflai-je émue aux larmes. Je peux rentrer chez moi ?

— Bien sûr, me dit-il avec un grand sourire. Mais je crois que je vais vous accompagner jusqu'à la salle d'attente, pouffa-t-il.

— Ouais, grogna Tyler en me prenant dans les bras pour me serrer fort contre lui. Bordel, je vais être papa, me souffla-t-il ému.

— Oui mon amour. Je n'arrive pas encore à y croire, lui avouai-je d'une voix tremblante.

Il me souleva dans ses bras pour nous diriger vers la petite salle d'attente qui s'était bien remplie depuis tout à l'heure. Ça me fit immédiatement chaud au cœur que beaucoup soient venus voir comment j'allais. Ma famille se jeta littéralement sur nous dès qu'ils nous aperçurent, surtout quand il me vit dans les bras de Tyler.

— Alors ma puce, est-ce que tout va bien ? me questionna mon père, angoissé.

Je regardai toutes les personnes autour de nous, puis plongeai dans le regard de Tyler pour lui insuffler tout mon amour. Il me regarda de la même manière avec son petit sourire en coin, puis se tourna vers nos proches.

— Elle va bien mais vous allez tous faire encore plus attention à elle maintenant, ordonna-t-il d'une voix très sérieuse.

— Pourquoi ? Il y a un problème ? Qu'est-ce qu'elle a ? s'alarma Pappy, très inquiet lui aussi.

— Nous allons avoir besoin de tout votre amour, dis-je d'une voix tremblante.

— Ma puce ... est-ce que c'est grave ? commença mon père en s'approchant, mais je le coupai en le regardant droit dans les yeux.

— C'est important pour moi et ... nos bébés.

Tout le monde se figea un instant et comprit enfin, en restant sous le choc de la nouvelle. Puis, une fois revenus de leur surprise, ce fut l'explosion de joie. Ils nous félicitèrent et nous apportèrent toute leur affection. Je pensais avoir trouver le bonheur mais ce que la vie venait de m'offrir allait bien au-delà de ça. Je continuerais chaque jour à chérir cette vie à part, les personnes qui la composait, nos valeurs, nos joies, nos peines et notre avenir quoi qu'il puisse être.

Kyle

Depuis qu'elle était entrée dans nos vies, elle nous avait complètement bouleversée. Ce qu'elle nous avait offert n'avait pas de prix. Elle était vulnérable et forte à la fois, elle nous avait montrée tout ce qu'elle avait en elle, son amour, son courage, ses cicatrices, ses espoirs, ses valeurs. J'étais heureux que mon frère de cœur puisse avoir trouvé une femme aussi incroyable. Ma cousine l'avait transformé et le comblait de bonheur. Grâce à elle, notre famille allait s'agrandir, c'était le plus beau des cadeaux. Ils méritaient tellement d'être heureux tous les deux.

Je ne savais pas ce que l'avenir me réservait, mais j'aimerais connaître ça un jour moi aussi, pouvoir trouver une femme extraordinaire qui m'accepterait comme j'étais. Que nos âmes se reconnaissent au premier regard pour ne plus jamais se quitter. Mais bon, comme on disait, « qui vivra verra ».

Remerciements

J'aimerais remercier mes lecteurs qui ont découvert mon premier livre. Cela n'a pas été facile de me lancer, mais j'espère que ce livre vous a plu et qu'il vous donnera envie de continuer à me lire dans mes prochaines aventures.
Merci à vous et à bientôt.

Biographie

Depuis son plus jeune âge, Fanny Cameron s'invente ses propres histoires de romances et d'aventures. Lectrice passionnée depuis de nombreuses années, elle décide enfin de franchir le pas en mettant de côté son manque de confiance en elle, pour accéder à son rêve. Elle consacre son temps à sa vie de maman, mais aujourd'hui elle souhaite aussi s'épanouir personnellement dans son projet d'écriture.